동화책 읽어주는 의사

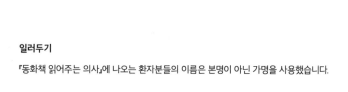

일러두기

『동화책 읽어주는 의사』에 나오는 환자분들의 이름은 본명이 아닌 가명을 사용했습니다.

호스피스 병동일기

동화책 읽어주는 의사

곽병은 지음

㈜도서출판 이음

여는 글

갈거리사랑촌 원장을 그만두고 가톨릭병원 호스피스 병동에 봉사 다녔다. 매주 일요일 술미공소 주일 예절을 마치고 갔다. 술미공소는 갈거리사랑촌 안에 있다. 2, 3년 다녔고 나중에는 요양원에도 다녔다. 호스피스 병동에서는 주로 동화책을 읽어 드리기, 팔다리 주무르기, 말벗을 했고 요양원에서는 빵 드리고 책도 읽어드렸다.

갈거리사랑촌을 운영하면서 젊어서부터 해왔던 개인 봉사활동이 중단된 것이 안타까웠다. 특히 갈거리사랑촌에 봉사하러 오는 분들을 보면 '나도 봉사자였는데…'라며 부러워했다. 그래서 2015년 원장을 그만두면서 어떤 봉사가 좋을까 생각해봤다. 의료봉사가 아닌 주변에 필요한 봉사가 무엇이 있을까? 가톨릭병원에 잠시 근무하면서 에이즈(AIDS, 후천성면역결핍증) 환자에게 방문객이 전혀 없어 그들이 무척 외롭다는 것을 알았다. 가족조차도 면회 오지 않으니까. 그래서 다니게 되었다. 해외여행 갔다 오고 폐렴에 걸리고 코로나19 팬데믹이 와서 봉사는 중단되었다.

봉사 다니면서의 느낌을 남기고 싶어 일기장에 기록하였다. 다시 꺼내어 보니 소중한 이야기로 보이고 봉사 다니는 분들과 함께 나누고 싶어서 책으로 만들게 되었다. 이 책을 읽고 봉사하고 싶어지는 마음이 조금이라도 생기는 분이 계시다면 좋겠다. 봉사는 무엇인가. 나눔이고 함께가 아닌가? 이웃과 나누고 함께 할 때 자신도 행복해진다는 사실을 알리고 싶다. 아름다운 세상 말이다.

2024년 봄
자성당에서
곽병은

차례

1부

시작은 작고 조용하게

원주가톨릭병원

월요일 밤.

금요일 낮 진료 보고 토요일, 일요일 주·야간 당직을 봤다. 지난주부터 가톨릭병원에서 진료를 보고 있다. 매주 금요일 낮과 밤, 그리고 한 달에 한 번 주말(토, 일) 당직을 서기로 했다. 수녀님이 한 달에 한 번은 쉬어야 했다. 가톨릭병원 정 수녀님이 혼자서 몇 개월째 주·야간 진료를 보고 있어서 너무 힘들며 의사를 못 구하고 있다고 연락이 왔었다. 그래서 집사람도 매주 월요일 봐주기로 했다. 가톨릭병원이 힘들 때 도와주고 우리도 약간의 보수를 받으니 좋다. 안 그래도 일주일에 이틀 밝음의원 진료 나가는 것이 약간 모자르다고 생각해 왔었다. 맞춤형 아르바이트 자리가 된다. 힘들지 않으며 남는 시간을 적당히 활용하고, 남 힘들 때 도와주며 약간의 경제적 이득도 챙기니 꿩 먹고 알 먹기가 아니겠는가.

나에게 가톨릭병원은 고향 같은 곳이다. 군 제대 후 처음 봉사의 꿈을 가지고 택했던 직장이었다. 3년밖에 다니지 않았지만 어쨌든 이곳은 남다른 곳이다. 30여 년 만에 다시 근무하게 되니 감회가 새롭다. 진료실은 옛날 하이디 수녀님이 하얀 수녀복을 입고 깨끗한 모습으로 진료하셨던 곳이고, 나무들 모두 그때 그 나무들 그 정원이고 건물도 그대로였다. 주말에 비가 주룩주룩 내렸다. 더욱 옛 생각이 났다. 나는 시간이 나면 병원 복도나 정원을 걸었다. 걸으며 옛 생각을 한다. 젊은 시절이 떠오르고 옛날 봉사하던 젊은 의사 곽병은도 생각을 하게 된다. 이곳이 좋은 이유다.

당직실은 침대와 책상만 있는 수도원같이 정갈한 곳인데, 책을 보고 조용히 쉬기에 적당한 곳이었다. 이번 금요일과 주말에 책 두 권 반을 읽었다. 이곳에 나오는 동안 계속 책을 보려고 한다. 물론 환자를 철저히 보면서 말이다. 사실 이곳에서 외래환자와 입원환자를 보면서 많은 생각을 했다. 늙고 가난한 환자들 그리고 임종이 얼마 남지 않은 호스피스 환자들을 보면서 내가 있어야 할 곳은 여기가 아닌가 생각했다. 이곳에 있는 동안 최선을 다해서 환자 진료에 임해야겠다는 각오도 했다. 가난하고 죽어 가는 환자들과 가까워지면서 웃음을 나누며 친해지려고 한다. 그동안 의사로서의 오랜 경험과 사회복지 하면서 다져온 인간관계 형성의 능력을 최대로 활용하면서 열린 마음으로 가장 소외되고 가장 낮은 곳에 있는 그들과 나의 모든 것을 나누고 싶다. 그래서 이번에 가톨릭병원에 가게된 것은 운명이고 하느님의 지시라는 생각까지 든다. 집사람도 함께하게 되어 더욱 기쁘다. 집사람한테 부담이 안 되고 힘들지 않았으면 좋겠다.

아침 8시 가톨릭병원을 나와 원주천을 걷고 밝음의원에 출근했다. 3일간 진료 보고 당직하고 계속 밝음의원에서 진료를 한다. 월요일이라 환자들이 계속 있어 바쁘다. 3, 4일간 환자들과 바쁘게 지낸 것이 된다. 오랜만에 업무로 꽉 찬 기분이 든다. 저녁에는 집사람과 원주천을 1시간 정도 걷고 집에 들어왔다.

점심에는 김종훈, 박준영, 김선기를 만나 중앙시장 2층에서 칼국수, 나는 팥죽을 점심으로 먹었다. 갈거리협동조합 얘기를 나누었다. 우선 총회를 하고 사무실을 밝음의원으로 옮기기로 했다. 그리고 차차 사회적협동조합 설립을 추진하기로 했다. 저녁에는 밝음의원 경영 비상회의가 있었다.

수요일 저녁에는 「봉산동 할머니집」 어르신들과 저녁을 먹기로 했다. 우물시장 골목 칼국수 집에서 먹자고 했다. 「봉산동 할머니집」을 천주교 원주교구 사회복지 법인에 인계하면서 어르신들께 식사를 한번 대접해 드리고 싶었다.

2016 3 7

진실한 존엄성을 위하여

수요일.

아침 7시 조금 넘어 집사람이 원주역까지 차를 태워줘 서울에 갔다. 서울 국립중앙박물관에서 사상사, 오늘은 아리스토텔레스 강의를 듣고 서초동 서예박물관에 갔다. 점심은 국립중앙박물관 식당에서 '옛날 도시락'을 먹었다. 서예박물관에서 4시 20분에 나오니 5시 20분 원주 오는 기차 시간이 촉박했다. 청량리역에 오니 5분 전이었다. 원주에 와서 '마중물' 모임에 갔다. 봉산동 '치악산묵집'에서 김종운, 박찬언, 박성용이 모였다. 원래 점심에 모이는데 내가 서울 갔다 오느라 저녁에 모였다. 9시 반까지 이야기를 나누었다. 박찬언 선생님은 많이 안 좋아 보였다. 우리 집까지 박 국장께서 차를 태워줬다.

오늘 가톨릭병원 정 수녀님한테서 문자가 왔다. 당직의를 구했다고 한다. 그래서 우리는 월요일, 금요일 진료만 봐달라고 한다. 잘 되었다. 당직 보는 것이 부담이기도 했다. 내 시간이 너무 없었다. 금요일 하루 진료는 여러 가지로 도움이 된다. 집사람도 하는 것이 좋겠다고 한다. 집사람이 밝음의원 이틀만 근무하는 것이 적은 것 같아 하루 정도 더 하고 싶다고 한다. 나도 마찬가지이다. 가톨릭병원에 나가면서 호스피스에 대해 더 공부하고 싶어졌다. 임종 환자 그리고 요양원 노인 환자들을 진료하고 싶어졌다. 진실되게 존엄성을 유지시키며 그들을 진료하고 마지막을 맞이하게 해드리고 싶어졌다.

2016 3 30

끝까지 돌본다

금요일 밤.

가톨릭병원 진료를 하고 왔다. 매주 금요일에 간다. 벌써 두 달이 된다. 이제 많이 익숙해지는 것 같다. 외래 보는 것도 그렇고 특히 호스피스 병동 환자 보는 것이 재미있어진다고 할까, 오늘도 새로 오신 할머니가 나를 보고 무척 반가워하셨다. 할머니가 누워계셔서 그리고 얼굴이 많이 부어서 누구인지 알 수가 없었다. 병원을 나오며 생각하니 옛날 부부의원 단골 환자였던 것 같다. 이곳에는 임종을 준비하는 어르신들이 계시기 때문에 평상시와 모습이 많이 달라져서 쉽게 알아볼 수가 없다. 얼마 전에도 「십시일반」의 적십자 봉사자였던 어르신을 이곳에서 보고 무척 반가웠었다. 처음 몇 주일은 알아보지 못했었다. 부부의원 다니시던 환자를 촉탁의로 나가고 있는 천사요양원이나 성문요양원 그리고 이곳 호스피스 병동에서 간혹 보게 된다. 할머니들의 나이 들어가는 과정에서 계속 내가 따라가는 건지, 함께 하는 것이 묘한 생각이 든다. 내가 부부의원 어르신들을 끝까지 돌봐드리는 건 아닌지 말이다. 그래서 즐겁고 보람을 느낀다.

퇴근하고 원주천을 한참 걸었다. 1시간 걷고 집사람과 만나서 또 1시간 걸었다. 저녁은 집사람이 매운 걸 먹고 싶다고 해서 낙지볶음을 먹었다. 어제 결혼기념일에 장미 한 송이 사주었더니 오늘은 집사람이 그 답으로 저녁을 사겠다고 한다.

원주천을 걸으며 집사람이 양평 어머님께 가자고 한다. 지난주 종규 여자 친구의 가족과 상견례를 하며 집사람이 기분이 무척 좋았나 보다. 그래서 어머니 생각이 났다고 한다. 우리 결혼하고 어머님 생각이 지금의 자기와 같으셨을 거라고 하며 말이다. 오늘 밤은 편히 잘 수 있겠다.

2016 4 22

시작은 작고 조용하게

토요일 밤.

하루 종일 누워있었다. 어제부터 괜히 허리가 아팠다. 가톨릭 병원에서 오전에 진료하는데 일어나다가 아프기 시작한 것이 오늘도 계속이다. 허리를 구부릴 수가 없다. 더 아파질까 봐 조심조심이다.

저녁에 「노숙인센터」에 갔다. '남원주 토종 순대' 집에서 순댓국 40그릇을 시켜 「십시일반」에 식사하러 오는 분들에게 저녁을 대접해 드렸다. 나도 한 그릇 먹으려 했는데 모자라서 집에 와서 밥을 먹었다. 댓 그릇이 부족한 것 같았다. 종규 결혼 축의금으로 「갈거리사랑촌」에 41그릇, 「노숙인센터」에 40그릇의 순댓국을 사드렸다. 축의금으로 이렇게 식사 사드리고, 나머지는 갈거리협동조합에 후원금으로 내려 한다. 그러면 종규 결혼 축의금이 의미 있게 사용되는 것이 아닌가 생각된다.

　내일 허리가 괜찮으면 가톨릭병원에 가려고 한다. 호스피스 병동 임종 환자들에게 봉사하러 간다. 발 주물러드리려 한다. 가만히 누워서 임종할 때만 기다리고 있는 분들에게 발 주물러드리며 말동무를 해드리고 싶었다. 그들과 같이 있고 싶다고 할까. 물론 의사로서 진료는 당연히 하는 것이지만, 이들에게 말이라도 희망을 불어넣어 드리고 싶다. 그래서 운동하라고 하고 웃으라고 한다. 누워서 발 운동 다리 운동하자고 한다. 근육이 좋아지면 걸어서 나가시라고 한다. 어느 보호자는 오늘내일하는 사람한테 무슨 운동을 하라고 하느냐고 불만을 말하기도 한다. 그래도 살아있는 동안에는 현역이고, 하루 사는 것이나 10년 사는 것이나 같은 것이 아닌가. 생명은 하루라도 귀중한 것이니까. 내일 죽더라도 오늘 사과나무를 심겠다는 것이다. 그리고 제일 우선 쉽게 해드릴 수 있는 것이 발 마사지 같다. 차차 같이 봉사 가는 사람들이 생기고 프로그램도 다양하게 할 수 있을 것 같다. 시작은 작게 조용히 하는 것이다.

2016 6 11

현대판 고려장의 슬픔

일요일 밤.

아침 공소예절을 마치고 집사람을 집에 내려주고 가톨릭병원으로 갔다. 오늘부터 호스피스 병동 봉사를 하기로 마음먹었다. 오전 10시가 조금 못 되었다. 병동의 끝방에 계신 할머니부터 발을 주물러 드렸다. 할머니는 무척 좋아하셨다. 팔다리 운동도 시켜드렸다. 가만히 통증 완화만 하고 침대에 누워 있으니 점점 몸은 굳어가고 근육이 없어진다. 이곳의 모든 환자들이 뼈만 남아있다. 물론 말기 환자분들이시니 당연할 수가 있지만 그래도 가능한 대로 운동을 시켜드리고 움직이게 하는 것이 병 치료나 삶의 질을 위해서 더 좋다고 생각한다. 너무 잠이 오는 약이나 마약성 진통제 등을 세게 쓰지 않고 조금은 부족하게, 조금 아픈 것은 참을 수 있도록 가르치고, 움직이게 하고 운동시키는 것이 더 좋아 보인다.

식사도 마찬가지이다. 콧줄(엘 튜브)로 음식을 먹이고 있는 경우도 마찬가지이다. 가능하면 자기가 먹고 못 먹으면 끝까지 먹여주는 것이 좋다. 소변줄도 마찬가지. 직원들이 부족하고 힘들어서 튜브로 먹이고 소변도 튜브로 받는 경우가 있는 것 같아 안타깝다. 그러면 환자는 움직일 수 없어 점점 힘이 없어지고 누워만 있게 되니 죽어 가고 있는 것이다. 조용히 통증 없이 잠에 취한 듯이 죽어 간다. 진짜 현대판 고려장이 아닌가 생각된다. 아직 우리나라 호스피스 제도가 초기 단계라서 부족한 것이 많다. 호스피스 진료를 하면서, 봉사와서 할머니 할아버지한테 해드릴 것이 무엇인지 생각해 보았다. 제일 쉬운 것이 발 주물러드리는 것이고 대화하고 또 간단한 운동 시켜 드리는 것이었다. 오늘부터 시작했다. 마지막에는 에이즈 병동에도 들어가 발을 조금 주물러 드렸다. 이분들은 반응이 없었다. 너무 말라서 뼈만 남아있다. 주무를 것도 없다. 에이즈의 무서움이었다.

요양보호사가 앞치마 입은 내 모습이 잘 어울린다고 한다. 앞치마는 내가 봉사 간다고 하니 며느리가 사주었다. 저녁에는 집사람과 연세대 뒷산에 갔다. 비가 와서 우산을 썼는데 많이 오지 않아 더 좋았다. 점심은 봉사하고 12시 전에 돌아와 갈거리에서 먹었다. 저녁은 종규가 멕시코 음식을 해주었다. 여러 가지 있었는데 아주 맛이 있었다. 며느리는 음료수를 만들어 주었다. 집사람이 행복해 보였다.

2016 7 3

자유로운 마음
즐거운 마음

일요일 밤.

조금 전에 켄 어드 부부, 크리스 밀러 부부와 같이 '제주본
가'에서 저녁 먹고 크리스 부부와 원주천을 걷고 들어왔다. 크
리스 밀러가 지난주에 한국에 왔다. 크리스하고 어드 선생님
하고는 벌써 이메일을 자주 주고받는 가까운 사이가 되었다.
그래서 같이 초대를 했다. 모두 즐거워했다. 크리스 가족과는
8월 초에 경주 3일 여행 가고, 하루는 남한산성을 가기로 했
다. 어드 선생님은 오랜만에 뵈었는데, 잘 걸으시고 부부 사이
도 좋아 보였다.

아침에 갈거리에서 공소예절을 보고 지난주에 이어 가톨릭
병원 봉사를 다녀왔다. 오늘이 두 번째가 된다. 어느 할머니하

고는 한참 얘기를 나누고 발도 주물러 드린 후 운동도 시켜드렸다. 할머니는 욕창이 있는데 많이 좋아지셨다. 운동하는 것도 많이 좋아져 어제는 일어나 침대에서 나와 있었다고 한다. 직원들은 많이 놀랐다고 한다. 다른 방에서는 많이 힘들고 아프니 주무르지 말라는 분도 계셨다. 그리고 어느 방 할머니 두 분은 처음으로 인사를 했다고 한다. 서로 얘기를 나눌 기회가 없었다. 서로 힘든 병을 안고 힘들게 하루하루 살아가다 보니 옆에 누가 있는지 볼 여유가 없었나 보다. 한 할머니는 고향이 흥업이고, 한 할머니는 횡성이었다. 내가 봉사하면서 이분들에게 좋은 인간관계를 만들어 드렸구나하는 생각이 들었다.

안종수 할아버지는 나만 들어가면 박수를 치신다. 발 운동, 다리 운동 시켜드렸다. 다리 들기 10번씩 그리고 주먹 쥐기 10번씩 하고 쉬고 또 했다. 며칠 전에 입원한 옆 할아버지는 주무셨다. 아무 의식 없는 할아버지의 발을 조심스레 주물러드린다. 이 마사지가 할아버지의 혈액 순환에 도움이 되고 차가운 발이 잠시라도 따뜻해지기를 바라면서 말이다.

마지막으로 에이즈 병동에 갔다. 3명의 이름을 부르며 인사를 했다. 한 분은 발을 주무르지 말라고 한다. 두 분의 발을 주무르면서 고향도 물어보고, 나이도 물어보고 말벗을 해드렸다. 다들 4, 50대였다. 완전히 뼈만 남았고 관절이 굳어 심한 구축 상태였다. 그래도 정신은 말짱했다. 나는 말했다. 여러분들이 팔다리는 아파서 못 움직이더라도 마음은 자유롭지 않으냐, 그러니 마음은 자유롭게 생각하고 즐거운 마음으로 살자고 했다. 참 에이즈가 무서운 병이라는 것을 새삼 알게 되었다.

집에 들어오니 12시가 되었다. 점심으로 집사람한테 국수를 먹자고 했다.

2016 7 10

고독한 섬

일요일 밤이다. 하루 종일 누워만 있었다.

아침에 갈거리 술미공소 주일 예절을 보고 검산 안 회장님 사모님, 명희와 로사 씨를 태우고 나왔다. 검산에 가서 안 회장님 사모님을 먼저 내려드렸다. 나오다 보니 마을 입구에서 뱀을 발견했다. 뱀은 죽은 듯 가만히 길 한가운데 있었다. 고개를 들고 원을 그리고 있어 죽은 것 같지는 않았는데, 꼬리 부분이 차에 치인 것 같이 바퀴 자국이 선명하게 있었다. 올해들어 뱀을 처음 봤다. 올해는 뱀이 귀한 것 같다. 안 회장님 사모님한테 뱀이 있다고 알려드리고 마을을 나왔다. 명희와 로사 씨를 새말 집에 내려주고 집사람도 내려주고 가톨릭병원으로 갔다.

시작은 작고 조용하게

지난주에는 오지 못했다. 오늘이 세 번째인 것 같았다. 할머니들 발 다리를 주물러 드렸다. 안종수 할아버지와는 발 다리를 주물러드리며 한참 얘기를 나누었다. 할아버지는 나한테 할아버지 잘 계시냐고 물으셨다. 지난번에도 할아버지에 관해 물으시더니 오늘 또 물으셨다. 치매 어르신께서 나의 할아버지에게 관심이 있으신 모양이었다. 서랍에 성모경이 적혀있는 종이가 있어 할아버지한테 보여드렸더니 읽으셨다. 한참 같이 읽었다. 팔 운동과 주먹 쥐는 운동을 시켜드렸다. 그리고 옆 할아버지한테 가서는 얘기를 나누고 벽에 있는 라디에이터 위에 걸터앉아 그냥 같이 있었다. 할아버지도 귀가 안 들려 대화가 잘 안되었다. 귀에다 대고 크게 말해야 알아들으셨다. 밥을 먹고 싶다고 하셨다. 전에는 손 묶어놓은 것 자르게 가위나 칼을 달라고 하시더니 그 얘기는 들어가고 밥을 안 먹으니 힘이 없고 살이 빠진다는 말씀만 하신다.

그리고 에이즈 환자 방으로 갔다. 3명 이름을 불러드리고 얘기 나누기를 시도했다. 이름부터 확인했다. 자꾸 잊어버려 내가 머리가 나쁘다고 했다. 고향이 어딘지, 무엇이 필요한지 등을 물어봤다. 사람이 그립다고 한다. 봉사자나 방문객이 없어 외롭다고 한다. 내가 봉사 왔다고 하니 그런 말도 하는 것 같았다. 진짜 이분들에게는 전혀 방문객이 없고, 가족들도 안 오는 것 같다. 망망대해 무인도에 있는 것이다. 사회 속의 고독한 섬이다. 그리고 한 분은 책을 보고 싶어 했고 다른 분은 음악을 듣고 싶어 했다. TV만 보니까 지루하다고 한다. 그런데 이분들이 팔다리를 전혀 움직이지 못하시니 책 보게 하는 것도 쉬운 일이 아니겠다. 천천히 병원장 수녀님과 상의해 볼 생각이다. 음악은 MP3와 리시버만 있으면 될 것 같다. 내가 준비해 드리고 싶다.

이렇게 오늘은 어르신들, 누워만 있는 분들과 얘기를 나누고 왔다. 차차 봉사 자리가 잡혀가는 듯하다. 내가 뭘 해야 할지, 어떻게 봉사해야 할지, 이분들 각자에 맞춰서 해야 할 것을 알아가는 것 같다.

다음 주는 경주에 간다. 2주 후에나 다시 봉사 간다. 그리고 저녁 무렵 원주문인협회에 시 3편을 냈다. 치악생명문학상에 공모해 봤다. '개나리꽃', '빗물', '토끼풀'. 9월 중순에 발표하는 결과를 은근히 기다리는 재미도 있다.

2016 7 31

더 가까이
더 친근하게

목요일 밤.

계속 가톨릭병원에 나가고 있다. 임종 어르신들과의 싸움이다. 아니 같이 지낸다. 이들을 진료하는 것 보다 도와드린다고 말하고 싶다. 이제 2주일이 돼가니 호스피스 어르신들과 가까워지고 나도 편해진다. 더 가까이 가고 더 친근하게 한다. 어르신들도 나를 보고 미소 짓는다. 얼굴이 퉁퉁 붓고 링거(수액제)가 여러 개 팔다리에 달려있는 할머니, 씩씩 숨쉬기 어려워 곧 돌아가실 것 같은 할머니도 나를 보고 웃음을 보낸다. 크지 않은 작은 웃음이지만 무엇보다 큰 환한 웃음이다, 집에 가면 궁금해진다. 오늘 위독하셨던 어르신들이 돌아가시지는 않았는지, 내일 되면 다시 웃으면서 볼 수 있을지 말이다. 호스피스 병동에서 약 쓰는 것도 조금은 익숙해진다. 보호자 대하는 법도 조금은 알 것 같다. 그리고 임종을 앞둔 환자가 얼마 뒤에 돌아가실지도 대략은 감을 잡는다. 물론 오늘내일 중에 돌아가실 것 같다고 보호자한테 자리를 지키라고 하기도 하지만, 몇 주일을 더 사시는 분도 계셨다. 어르신들 임종을 점치기가 쉽지는 않다.

점심은 밝음의원 환자 모임이 있어 안동반점에서 먹었다. 환자와의 점심 모임도 점점 자리를 잡아간다.

저녁에는 퇴근하고 박규래 정형외과에 다녀왔다. 2, 3개월 전부터 고관절이 아팠다. 사진 찍어보았는데 다행히 이상이 없다고 한다. 몇 개월 더 아플지 궁금하고 걱정이 된다. 아는 것이 병이라고 별별 아는 병이 다 떠오른다. 집사람한테 전화를 했다. 둔치에서 보자고. 오늘은 원주천을 걷지 않기로 했었는데 날씨가 그렇게 덥지 않은 것 같아 1시간 걷고 나는 중국어학원에 가고 집사람은 허리 코어 치료받으러 갔다.

2016 8 25

몬스터 세상

화요일 밤.

오늘도 병원에서는 암 말기 환자들과 정을 나누었다. 에이즈 환자하고도 마음을 나누었다. 말기 암환자 보호자에게는 자주 오시라고, 후회 없도록 자주 오시라고 하고 돌아가실 때까지 편안히 계시도록 같이 돕자고 했다. 에이즈 환자에게는 내가 뭐 도울 것 없냐고 묻는다. 며칠 전에 작은 오디오를 사주었는데, 오디오가 보이지 않아 간병인에게 잘 들을 수 있도록 도와주라고 말했다. 간병인에게는 귀찮을 수가 있다. 에이즈 환자는 팔다리를 전혀 움직일 수가 없으니 간병하는 사람이 완전히 그의 주인이 된다. 이들에게 가족은 찾아오지도 않으니 고아나 마찬가지이다. 오디오로 음악을 듣고 싶어도 들을 수 없다. 듣고 싶다는 말을 들어줄 사람조차 없다. 내가 좀 더 가까이 다가갔다. 음악을 듣고 싶단다. 그래서 집사람에게 부탁해 풍물시장에서 할아버지들이 자주 가지고 다니는 라디오를 하나 샀다. 리시버도 딸려 왔다. 그런데 간병인이 귀찮으면 들려주지 않는다.

며칠 전에 들어온 대장암 말기 할아버지가 소변을 소변 통에 잘 누지 못하고 흘려서 옷과 침대가 젖는다며 오줌줄을 꽂자고 간호사들이 말한다. 나는 더 생각해 보자고 했다. 가능하면 오줌줄을 꽂고 싶지 않다. 오줌줄을 꽂으면 그대로 누워만 있게 되는 와상 환자가 되어버린다. 활동을 할 수가 없게 된다. 할아버지는 지팡이 하나 없냐고 한다. 의료원에서 지팡이 짚고 화장실에 다녔다고 하며, 이곳에도 화장실이 머냐고 묻는다. 그래서 좌변기 의자를 갖다 드렸다. 할아버지는 침대에서 내려와 좌변기에 앉아 볼 수 있게 됐다며 무척 좋아하셨다. 직원이 좀 불편할 수도 있지만 그래도 환자, 그것도 얼마 살지 못할 환자에게 못 해줄 것이 무엇이 있겠는가? 가능한 한 환자가 편하게 일상생활을 하게 해주어야 한다고 나는 생각한다. 살아있는 동안에는 죽는 날까지 남아있는 신체기능을 살려서 움직이고 살아야 하지 않겠는가?

퇴근하고 집사람과 원주천을 걷고 중국어학원에 갔다. 집사람은 요새 6층 밝음 건물을 3번 오르락내리락한다고 한다. 저녁에 다리에 알이 뱄다고 한다. 계단 오르는 것이 신체 단련에 좋을 듯하다. 나도 벌써 몇 년 전부터 계단 오르기를 하고 있었다. 조금 전 MBC TV 드라마 '몬스터'가 끝났다. 다음 주를 기다려야 한다. 지금 우리 세상과 몬스터 내용이 너무 비슷하다. 드라마인지 현실인지 구분이 안 된다. 돈만 아는 세상이 몬스터들이 사는 세상이다. 가족도 없다. 돈 때문에 물고 뜯고 싸움들이다. 돈 때문에 아버지를 죽이고 돈을 빼앗고 한다. 그래도 그중에는 양심이 있는 사람이 있어 친근감이 간다.

2016 9 6

2부

그래도 겨울은 온다

얼마나 살까요?

이렇게 황달이 심한 경우는
오래 못 사세요
마음의 준비를 하고 계세요

남편이 얼마나 살까요?
글쎄요
한 달 내에 언제 돌아가실지 모르겠어요

아프지만 않게 해주세요
심해져도 다른 큰 병원에 가시지 않을거죠?
그리고 심폐소생술도 안 하시구요

삶의 여정에서
끝을 향한 발자국 몇 개 남지 않았다

멀리
나무 아래
아버님의 얼굴이 무거워 땅이 내려앉는다

2016 9 29

모두 어디로 가셨는지

2주 만에 왔다
보이지 않는 분들이 여럿이시다

분명히 이 침대에 계셨었는데
식사도 잘하시고
나만 보면 꼭 일어나 인사를 하시고
웃으셨던
할머니

위암이지만 일어나 움직이시고
통증도 없으시고

그래도 겨울은 온다

방에서 제일 의식이 또렷하여
대화가 잘 통하셨던
할아버지

창문 쪽 침대에서 씩씩거리며
덥다며 웃옷을 벗고
산소호흡 네뷸라이저를 하던 뚱뚱한
아주머니

모두
어디로 가셨는지

또 다른 어르신들로 차 있고

2016 10 7

그래도 겨울은 온다

점심 먹고 한가한 시간
단풍나무 아래
붉은 벽돌 계단에 기대어 앉는다
어디선가 꽃향기
콧속으로 들어와 가슴에 쌓인다
시멘트 틈 사이 작은 들꽃 하나 보이고

떨어진 나뭇잎들이 바람에 뒹군다
옆 건물 호스피스 병동
삶의 마지막 가을을 보내느라
싸우고 있다

그래도
겨울은 온다

2016 10 7

최고의 생일

일요일 밤.

오늘은 집사람 생일이다. 그리고 인해의 다음 주 토요일 생일을 오늘 같이했다. 점심에 미인이가 생일상을 차렸다. 집사람이 무척 좋아한다. 나도 덕분에 즐겁고 잘 먹었다. 음식 솜씨가 좋은 것 같다. 잡채도 간이 잘 맞고 돼지갈비도 맛있었다. 종규하고 어제저녁에 가게에서 같이 준비했다고 한다. 애들이 집사람 생일 선물로 30만 원을 줬다고 한다. 너무 큰 돈이고 다음부터는 이렇게 주지 말라고 하라고 했다. 서로 부담이 된다. 인해한테는 집사람이 현금을 주었고 나는 스킨이 필요하다고 해서 스킨과 로션을 사서 주었다. 저녁은 인터불고호텔 '동보성'에서 모두 같이 먹었다. 준규가 그제 와서 오늘

같이 지내고, 8시 반 버스로 춘천으로 갔다. 집사람 최고의 생일이었다.

아침에는 술미공소에서 주일 예절을 보았다. 회장님한테 다음 주부터 성경 읽기를 다시 하자고 했고, 성경 쓰기도 하자고 했더니 쓰기는 좀 어렵다고 한다. 쓸 사람이 별로 없다고. 우선 읽기를 다시 하고 쓰기는 희망자만 하자고 했다. 우선 내가 쓰고 싶어서였다.

예절을 마치고 집사람 집에 내려주고 나는 이마트에 가서 피자를 샀다. 이마트에 간 김에 인해 선물도 사고, 다음 주 갈거리 갈 때 식구들한테 줄 간식도 샀다. 가톨릭병원에 가서 311호 에이즈 환자 김 씨한테 피자 한 조각과 콜라 한 잔을 주고 옆방에 있는 신 씨한테도 피자와 콜라를 주었다. 그리고 나머지는 간호사실에서 직원들과 같이 먹었다. 안종수 할아버지한테도 한 조각 드렸다. 할아버지는 나를 보시고 반가워하시며 맛있게 드셨다. 치아가 몇 개 없는데도 잘 드셨다. 할아버지와 한참 얘기도 하고 발 운동도 시켜드렸다. 그리고 2층에서 올라온 김 씨한테 갔다. 같은 방 환자는 폐암 말기이고 부인이 간호하기 어렵다고 하여 3층으로 올라오셨다. 전보다 무척 약해지셨고 모르핀 때문인지 의식이 또렷하지 않았다. 목사님이셨다고 하여 성경을 읽어드리려 했더니 귀찮다고 하며 고개를 저으신다. 옆 침대에는 그전부터 알고 지낸 김 씨가 있었다. 그

는 고물을 주우며 생활하던 분인데 중풍도 오고 많이 쇠약해
졌다. 이곳을 나가면 어디로 가느냐고 나한테 걱정을 한다. 요
양원으로 가라고 했다. 요양 등급을 신청하고 기초생활수급권
이 있으니 가능할 것 같았다.

2016 11 20

장바구니

조카 생일선물로 줄 스킨로션
호스피스 병동 와상 환자에게 줄 피자와 콜라 한 병
목요일 갈거리 식구들한테 줄 '자유시간', '초코볼',
'미니크런키'
장바구니 가득하다

여성 피부 화장품을 산 적이 언제였는지
선물을 받고 즐거워할 조카 얼굴을 그려본다

밖에 나가 볼 수도 없이
누워서 숨이 다할 날만 기다리는

A 씨의 고맙다는 말이 들린다

먹는 것을 무척이나 좋아하는
창기 기숙 우찬 미성 성현 주섭이가 반가워할 웃음들
무거운 장바구니가 갑자기 가벼워진다

남자의 부끄러움도 없다
사람의 향기가 새어 나올 뿐

2016 11 20

걱정

일요일 밤.

오늘은 오전에 공소에서 주일 예절을 보고 가톨릭병원 가는 길에 노숙인쉼터 식구들의 풋살 축구장에 갔다. 전부터 풋살 축구하는 것을 한번 보고 싶었었다.

집을 나오는데, 차 시동이 걸리지 않아 며느리 차를 타고 갈 거리에 갔다. 가톨릭병원에 가서 안종수 할아버지를 뵈었다. 같은 방에 김 씨가 있었다. 그는 전부터 알던 분으로 가톨릭 복지관 신동민 신부님한테 도움을 많이 받았고, 내가 교도소에 진료 다닐 때 그곳에서도 보았고, 부부의원에 자주 왔었으며 고물 수거하면서 살던 분이다. 지금은 중풍이 와서 자유롭게 걷지도 못한다. 그래서 병원에 오래 있고 싶은데 나가면 어디로 갈지 걱정을 한다. 병원에서 살다가 죽고 싶다고도 한다. 돈이 1,000만 원 정도 있는데 지금은 돈을 벌지 못해 아끼느라 간식도 못 사 먹는다고 한다. 빵을 먹고 싶다고 하여 다음 주에 사 오겠다고 했다. 병원비가 4, 50만 원 들고 월세방도 5만 원이 드는데, 정부에서 주는 기초생활수급비가 40여만 원밖에 나오지 않는다고 한다. 그래서 음식도 사 먹지 못한다고. 나는 걱정하지 말고 다 사 먹으라고 해도 막무가내이다.

안종수 할아버지와 김 씨와 같이 대화도 나누고 운동도 했다. 기도서도 읽었다. 맞은편 방에는 몇 개월 전에 퇴원했던 분이 다시 들어왔다. 전보다 많이 야위었다. 반갑게 인사하고 다음 주에 또 보기로 하고 기운 내시라고 했다. 나를 보고 무척 반가워하신다. 전에 내가 운동도 시켜주고 많이 격려해 주었었다. 그리고 세례도 받은 분이라서 오늘 기도서를 읽어주기도 했다.

에이즈 병동에 갔더니 몇 달 전에 기도가 막혀 응급실에 갔던 분이 기관지관을 하고 다시 왔다. 나를 보더니 반가워했다. 말은 못 하지만 얼굴 표정으로 알 수 있었다. 다음 주에 피자 사 오겠다고 했다. 길수 씨는 나를 보고 손을 내밀어 악수를 청한다. 나는 한편 에이즈 환자와 악수하는 것이 조금은 꺼려졌지만 자신 있게 악수했다. 다른 사람들의 등도 두드려주었다.

　　　　　　　　그래도 겨울은 온다

김 씨가 머리를 감고 싶다고 한다. 그리고 맞은편 남자분도 봉사자가 있으면 운동을 더 하고 싶다고 한다. 노숙인쉼터 식구 중에 봉사할 사람을 찾아봐야겠다.

2016 12 11

중앙동 세림사

치매 어르신
말기 암 환자
발 주물러드리고
동화 읽어드리고
말동무해 드린다
간식도 사 가서 같이 먹고

며느리가 사준 봉사 작업복
앞치마에 이름표 자리가 비어서
명찰을 중앙동 세림사에 주문했다
오늘 찾으러 갔더니

51   그래도 겨울은 온다

그냥 드린다고 한다

뜻밖의 선물에
봉사를 더 많이 해야겠다고 답했다

'봉사자 곽병은'

원장에서
다 내려왔다
원했던 곳으로

이 명찰을
평생 지녀야겠다

2016 12 19

고구마 튀김의 속살

다음 달에는
피자 말고 다른 거 먹고 싶은 거 있으세요?
튀김 먹고 싶어요
오징어튀김은 드시기 어려울 텐데
고구마튀김은 괜찮아요
가까이 몇 번 들어야 들리는
떨리는 작은 소리

팔다리 못 움직이고
자리에 누워있어야만 하고
부드러운 미음만 조금 먹을 수 있는

그래도 겨울은 온다

에이즈 말기 환자

옆자리 환우가
며칠 전 세상을 떠났다
목소리 더 작아지고
얼굴표정 더 없어지고
먹는 것 더 줄어들었다

튀김 고구마 속살을 손톱만 하게
떼어 주었다
더 달라고 손짓을 한다

작은 소리가 들렸다
잘 먹었다
고맙다

2017 1 23

노래하는 길수 씨

일요일 밤이다. 0시가 넘었나 보다.

오전에는 술미공소 주일 예절을 봤다. 검산 안 회장님 막내따님도 왔다. 집사람과 집에 오는 차 안에서 안 회장님네는 어떻게 자식 교육을 잘 시켰는지 모르겠다고 했다. 아들딸 모두 예의가 바르고 잘 키운 것 같다.

점심에는 무실동 성당에 갔다. 오늘 장정공방 장상철 선생 막내아들 도휘의 영세 준비모임이 있었다. 내가 대부·대모를 서기로 했다. 10시 반 미사 후에 신부님과 영세 받을 사람들과 대부·대모가 모여 식사를 같이 했다. 장 선생 부인도 같이 영세를 받기로 되어있다. 6월 18일 일요일 영세식이 있다.

성당에서 가톨릭병원 호스피스 병동으로 갔다. 가면서 무실동 빵집에 들러 빵도 샀다. 2층의 박수일 씨와 김 씨에게 빵 하나씩 드리고 3층으로 올라갔다. 정 루치아 할머니는 듣는 게 힘들다고 하시며 성경 읽기를 거절하셨다. 힘이 많이 들어 가만히 듣기가 어렵다고 하시면서 분심이 든다고 하신다. 다음에 다시 기운이 회복되시면 성경 읽기 해드리겠다고 했다. 안종수 할아버지는 여전히 말씀도 잘하시고 빵도 잘 드셨다. 30분 정도 얘기 들어드리고 발도 주물러드리고 운동을 시켜드렸다.

길수 씨한테 가서 노래 부르자고 했다. 2층 두 분도 불렀다. 길수 씨가 노래를 하는데 관중이 필요하다고 했다. 노래를 하자고 하니 벌써 길수 씨는 눈에 눈물이 글썽였다. 형제님이 오셔서 고맙다고 한다. 반주 없이 '아파트' 노래를 같이 불렀다. 그는 "오케이" 하면서 노래를 큰 소리로 불렀다. 가끔 가사를 잊기도 했는데 내가 가사 출력해 간 것을 보고 같이 불렀다. 그는 바에서 노래를 하는 싱어였다고 한다. 안 부른 지가 오래되어 여러 번 가사를 잊었다. 그래도 끝까지 흥을 내며 불렀다. 나도 같이 불렀다. 내가 더 많이 부를 수는 없었다. 나는 어디까지나 보조였으니까. 간호사들과 당직 원장님께 길수 씨가 노래를 한다니까 믿지를 않는다. 원장님에게 같이 듣자고 하니 안 듣겠다고 한다.

얼마나 즐거웠을까 생각을 해본다. 평생 직업으로 노래를 불렀는데 이제 중병에 걸려 오랫동안 노래를 못 불렀고, 다시는 노래를 부를 수 없다고 생각했다가 오늘 조금이라도 부르게 되니 얼마나 기분이 좋았을까. 나한테 고맙다고 한다. 내가 오면 즐겁다고 한다. 내가 질병 치료만 하는 병원에서 다른 즐거움을 드리니까, 그런 기회를 제공해 주니까 즐거워하는 것 같다. 내일 죽더라도 오늘 사과나무 하나를 심자고 했다. 언제 죽을지 몰라도 오늘 즐겁게 사는 것이다. 곧 죽을 중환자이니까 아무것도 할 수 없는 것이 아니다. 마지막 날까지 작은 일부라도 신체의 기능은 남아있으니까. 몇 시간을 살아도 즐거움은 있을 수 있는 것이고, 있어야 한다는 것이 내 생각이다. 죽으면서 포기나 절망은 없다. 오늘이 인생의 전부이고, 지금 이 순간이 인생 전체와 같다는 것이다. 그래서 지금이 중요할 뿐이다. 더 살려고 발버둥 칠 필요는 없다. 어차피 인생은 유한하니까. 2층 환자를 데리고 온 것은 길수 씨가 노래하는데 관중이 있으면 더 좋을 것 같았고, 또한 이들에게 더 힘든 환자가 이렇게 노래를 하겠다는데 이런 것을 보고 더 용기와 의지를 가졌으면 좋을 것 같아서 초대했다.

2017 5 22

그래도 겨울은 온다

단지 길고 짧을 뿐

오전에 술미공소 예절을 마치고 남원주농협에 들러 빵을 사고 중천철학도서관에 들러서 동화책 『소에게 친절하세요』 한 권을 빌렸다. 가톨릭병원 호스피스 병동에 오랜만에 간다. 여행 갔다 오고 몇 주일 지났다. 에이즈 환자 길수 씨는 아직 살아계실까 그리고 안종수 할아버지는 건강하신지, 정 루치아 할머니는 어떠신지 모든 것이 궁금했다.

먼저 일반 병실이 있는 2층에 갔다. 박수일 씨는 퇴원했고 김 씨는 다른 방으로 옮겼다. 병원 입구 멀리에서 누가 인사를 한다. 방광암으로 요양 차 있는 분이었다. 내가 작년 이곳에서 진료 했을 때 알았던 분이다. 수액제를 맞고 있었다. "많이 좋아 보이시네요" 인사를 주고받고 병원으로 들어갔다. 김 씨는 나한테 호저에 컨테이너를 사놓기로 하고 쉼터 팀장한테 몇백만 원을 주었다고 한다. 얼마 전에 갈거리협동조합에서 300만 원을 찾았다고 조 선생이 말한 적이 있었다. 그는 병원에서 퇴원하면 갈 곳이 없어 불안해한다. 몸이 불편해서 혼자 살 수는 없고 나이가 아직 65세가 안 되어 양로원에도 못 간다고 하면서 걱정이 심하다. 내가 길수 씨 병실에서 책을 읽어주고 있는데, 올라와서 나한테 큰절을 한다. 제발 자기를 도와달라고. 얼굴에 근심이 가득하다.

요양 병동인 3층에 올라가 안종수 할아버지한테 갔다. 할아버지는 여전히 건강하시고 나를 반겼다. 어디 갔다가 이제 왔냐고 하신다. 할아버지는 다리를 못 움직여서 침대에 누워만 계신다. 치매가 심하다. 오늘은 호랑이하고 같이 잤다고 하신다. 호랑이 털이 복슬복슬하다고 하시며 여전히 말씀이 많으셨다. 모두 환상이고 망상이다. 그러나 물어보면 이야기의 의미가 전혀 없는 것은 아니다. 다리 운동시켜 드리고 주먹 쥐기 10번씩 3번 일본어로 같이 하면서 운동을 해드렸다. 할아버지는 간단한 일본어를 하실 수 있었다. 다리가 전보다 더 굳은 것 같았다. 할아버지는 내가 아니면 아무도 운동을 시켜주지 않는다고 하신다. 마침 신부님이 강복 주러 오셔서 같이 기도를 드렸다.

나오면서 정 루치아 할머니 방에 들렀다. 아들과 며느님이 계셨다. 오랜만에 인사를 드렸다. 아드님은 나하고 성경 읽기를 같이 하고 나서 쭉 읽어드렸다고 한다. 한두 달 전에 아드님과 같이 어머님에게 성경을 읽어드린 것이 계기가 되어 아드님이 혼자서 계속 읽어드린 모양이다. 참 좋다고 했다, 지난번에 내가 읽어드리려니 인제 그만 읽어달라고 해서 중단했었다. 할머니가 내가 읽고 있는데 자기가 가만히 있기가 어렵다면서 성경에 집중을 못 하겠다고 하며 거절하셨었다. 할머니와 아드님께 좋은 일을 한 것 같았다. 잘했다는 생각이 든다. 이런 것이 봉사의 의미이고 보람이고 즐거움이 아니겠는가?

인사를 하고 병실을 나와 길수 씨한테 갔다. 다른 분이 한 분 더 들어오셨다. 얘기 듣기로는 두 분이 더 계셨다고 했는데 한 분이 그사이 돌아가셨나 보다. 길수 씨는 반갑다고, 고맙다고 한다. 악수를 하고 책을 읽어드렸다. 도서관에서 빌려온 동화책 『소에게 친절하세요』를 읽기 시작했다. 옆자리에 계신 분은 목에 기관절개도 하셨고 의식이 없어 보였다. 가족들이 와 계셨다. 포항에서 왔다고 한다. 지난번에 왔을 때는 자신들을 알아봤는데 오늘은 전혀 알아보지 못한다며 부인은 울음을 터뜨린다. 아들은 연실 "아버지, 아버지, 저 모르시겠어요?" 큰소리를 내며 아버지를 불러본다. 옆에 있는 길수 씨는 눈을 멀뚱멀뚱 뜨고 슬픈 표정을 짓는다. 아주머니가 지난번에 옆자리에 있던 분은 어디 가셨냐고 묻는데, 길수 씨는 눈만 껌뻑껌

뻑한다. 옆자리 동료의 죽음은 여러 번 봐와서 놀랄 거리가 되지 않는 표정이었다. 가족들은 더 슬피 운다.

간호사가 점심시간이라고 길수 씨 콧줄에 식사대용물을 연결한다. 그는 "런치 타임"이라고 소리친다. 나도 그럼 점심 식사하면서 책 읽자고 웃으며 말했다. 그는 전혀 몸을 움직일 수 없지만, 마음은 꽤 명랑한 편이다. 오늘도 책을 다 읽고 항상 즐겁고 고마운 마음을 갖자고 하니 "씨유 어게인", 그의 십팔 번을 말한다. 나는 "땡큐 베리마치"라고 답했다. 옆 사람은 의식도 없고 언제 사망할지 모를 정도로 중환자이다. 바로 옆에 있는 사람으로서 얼마나 마음이 불편하고 불안하겠는가? 얼마 전에는 그 옆자리 분도 돌아가신 것 같은데 점점 병실 사람들이 하나하나 죽어 나간다. 벌써 몇 명째인지 모른다. 같은 방에서 얘기도 하고 오랫동안 에이즈 병 치료를 함께 해오던 사람들이 어느 날 갑자기 운명하고 없어지니 얼마나 불안할까 짐작이 간다. 그러나 그는 이제 모든 것을 초월한 것 같다. 어떤 죽음 소식이 와도 눈 하나 깜빡하지 않을 정도라고 생각된다. 옆에 있던 환우가 지금 갑자기 죽어 나간다고 해도 그리 슬퍼하고 놀라지 않을 것 같다. 그동안 오랫동안 본인 자신이 죽을 고비를 많이 넘겼고 자신의 병이 얼마나 중병이고 치료할 수 없다는 것을 잘 알고 있기 때문일 것이다. 언제 자신도 옆 사람들같이 갑자기 저승길로 갈지 잘 인지하고 있을 것이다.

나오면서 그랬다. 우리는 언제 죽을지 모른다. 그리고 한번 태어나면 누구나 다 죽는다. 창문 앞에 사놓았던 화초도 죽어 없어진 것 같이. 모든 것은 있다가 없어진다. 단지 길게 살고 짧게 살뿐이고, 고통이 있거나 없거나 차이가 있을 뿐이다. 그러니 우리는 죽음을 두려워하지 말고 고통스러워하지 말자고 말했다. 누구도 죽음을 피할 수는 없으니까. 하지만 이곳에서 죽음의 고통을 완화시킬 수 있으니까. 항상 즐거운 마음으로, 모든 것에 고마운 마음을 가지자고 했다. 그리고 "길수 씨는 몸은 움직일 수 없지만, 마음만은 자유롭지 않은가?" 말했다. "마음으로 못 갈 데도 없고, 또 못 할 것도 없다" 했다. 마음이 중요하다고 했다. 책을 읽으며 의식 없는 옆 사람도 들을 수 있으면 좋겠다고 했다. 겉으론 아무것도 모르는 것 같지만 속으로 의식이 남아있는 경우가 간혹 있기 때문이다. 그래서 조금 더 크게 읽었다. 시트 밖으로 나온 길수 씨의 깡마른 두 발이 서로 꼬여 있다. 멀리 창문에서 햇빛이 들어온다.

2017 7 9

슬픔의 현장
이별의 아픔

  오전에 술미공소에서 주일 예절을 보고, 남원주농협에 들러 빵 사고, 가톨릭병원 호스피스 병동에 가는 것이 일요일의 일상이 되었다. 정 루치아 할머니 방에 가니 다른 분이 계셨다. 며칠 전에 돌아가셨다고 한다. 길수 씨 방에 계셨던 에이즈 환자도 안 보이셨다. 그리고 안종수 할아버지 옆자리 분도 안 보이셨다. 1주일 사이에 세 분이 돌아가셨다.

  안종수 할아버지는 주무시고 계셔서 길수 씨한테 먼저 가서 『소에게 친절하세요』를 읽어주었다. 그는 여전했다. 옆 사람이 안 보인다고 하니 모른다고 한다. 알면서 모른다고 하는 건지도 모르겠다. 하도 옆자리 사람이 있다가 없어지고 죽어 나가서 이제 면역이 되어 아무렇지도 않은 것인지, 옆 사람이 죽어 나가는 것에 초월했는지, 그는 나를 반갑게 맞아주었다. 노크하고 들어가니 그는 문 쪽을 보고 있었다. 나를 기다리고 있었는지도 모르겠다. 매주 일요일 오전 11시 경이면 왔으니 말이다. 오늘도 책을 소개하고 읽어주겠다고 하니 열심히 듣겠다고 한다. 40분 정도 읽은 것 같다. 그는 점점 듣는 것에 흥미를 느끼는 것 같았다. 눈을 초롱초롱하게 뜨고 듣는다. 가끔은 "아이구", "어머나", "좋아요" 하면서 맞장구도 친다. 전혀 조는 건 볼 수 없었다. 나도 점점 책 읽기에 즐거움이 생긴다. 그리고 책 내용이 좋아서 나도 흥미롭고 기다려진다. 이 책이 그냥 동화로 끝나지 않고 깊이가 있는 것 같았다. 이제 11장 중에서 3장이 끝났다. 오늘은 더 분위기가 좋았다. 라디오에서 노랫소리가 나오고 밖에는 비가 내리고 있었다. 읽는 사람과 듣는 사람이 모두 행복한 장면, 시간이었다. 가끔 책을 읽으며 나는 누구인가, 죽음은 무엇인가 등등의 철학적 얘기를 나눈다. 그러면 그는 미소 짓기도 하고 공감을 해준다. 점점 가까워지는 것을 느낀다. 책을 읽어주면서 환자와 봉사자 사이가 좋아지는 것이다.

안종수 할아버지에게 다시 가니 아직도 주무시고 계셨다. 점심시간이 다 되어 손을 흔드니 금방 눈을 뜨셨다. 왜 인제 왔냐고, 어디 갔었냐고 묻는다. 내가 반갑다고 하신다. 우리는 반갑게 악수도 하고 "충성"하며 경례도 한다. 옆자리에 계시던 분은 안 계시고 다른 분이 계셨다. 요양원에 오래 있다 보면 옆자리 환자가 같이 계시다가 없어지고 하는 경우를 많이 볼 것 같다. 사실 안종수 할아버지도 같은 방 사람이 여럿 돌아가셨다. 하지만 할아버지는 치매가 심하셔서 자세히 모르신다. 다행한 일인 것 같다. 옆 환자분 어디 가셨냐고 물으면 모른다고 하고 관심이 없는 것 같이 말하신다.

오늘은 형사 얘기를 하셨다. 형사가 권총을 차고 있었다고 한다. 사 가지고 간 빵 하나를 반쪽씩 나누어 옆 사람한테 드릴까요 물으니 주지 말라고 하신다. 간호사가 나한테 준 박카스도 옆 분한테 드리자고 하니 주지 말라고 하시며, 저 사람이 혼자서 빵을 다 먹었다고 말씀하신다. 두 분이 사이가 안 좋은 것 같았다. 옆 환자분은 교통사고로 다리 골절만 있고 의식은 말짱했다. 다음에 빵을 사서 드리겠다고 했다. 할아버지 다리 운동시켜 드리고 주먹 쥐는 운동을 20회씩 "이찌, 니, 산…" 말하며 같이했다. 할아버지는 나보고 자주 와서 다리 운동을 시켜달라고 한다. 빨리 일어나서 걸어야 한다고 하시며.

나오면서 보니 다른 병실에는 가족들이 아무것도 모르는 말기 환자들 옆에 앉아 있다. 지난주 길수 씨 옆자리에 있던 환자 보호자가 생각났다. 그들은 울산인가 경상도에서 문병을 왔는데 지난번보다 아버지가 더 심해지고 알아보지 못한다며 슬퍼하고 다음에 또 오겠다며 갔다.

호스피스 병동은 슬픔의 현장이고 이별의 아픔이다. 그리고 삶의 진실을 보여주고 가르쳐주는 교육장이다.

2017 7 23

동화를 들려줘

　가톨릭병원 호스피스 병동에 다녀왔다. 남원주농협에서 빵을 사가지고 갔다. 먼저 2층 김 씨에게 빵 한 봉지 드렸다. 그는 계속 앞으로 어떻게 살아가야 하느냐고 한걱정을 한다. 혼자서는 살 수가 없고 나이가 60이라 양로원에도 못 간다고 한다. 3층에 올라가 안종수 할아버지 방에 가서 옆에 있는 분에게도 빵 한 봉지 드리고, 할아버지에게 한 봉지 드렸다. 할아버지는 반가워하셨고 빵도 잘 드셨다. 오늘은 병원 직원들이 모두 거짓말쟁이라고 하셨다. 그리고 형님이 구렁이한테 잡혀 먹혔다는 얘기도 하셨다. 매주 할아버지 얘기를 듣다 보면 뱀 얘기가 많이 나온다. 오늘도 이야기를 나누고 팔다리 운동시켜 드렸다.

그리고 길수 씨한테 갔다. 지난주에 읽어드리던 『소에게 친절하세요』 4장을 읽어드렸다. 그는 반가워하며 형제님은 참 좋은 분이라고 말한다. 책을 읽어드리면 "그렇죠" 고개를 끄덕이기도 하고, 입가에 미소를 띠기도 하면서 반응을 보인다. 오늘 이야기는 자폐아인 주인공 '템플'이 다른 학교로 전학을 갔는데, 이 학교에는 좋은 선생님이 계시고 동물이 있는 특별한 학교다. 여기서 템플이 말을 타며 안정을 찾고 행복해한다는 얘기였다. 나는 책을 읽어주며 틈틈이 이해를 돕기 위해 줄거리 설명도 한다. 내용 중에 주인공이 학교에서 '해골', '녹음기' 등의 별명을 듣고 멸시를 받았었다는 내용이 있다. 그의 별명을 물어보니 '이쁜이'라고 한다. 젊어서 얼굴이 이뻤다고 한다.

입원실을 나오는데 최 수녀님이 옆방에도 에이즈 환자가 새로 오셨다고 한다. 가보니 여자 환자였고 역시 전혀 움직이지 못하고 눈 뜨고 말만 조금 할 수 있는 상태였다. 음식도 먹여줘야 한다. 물론 소변 대변 모든 것을 케어해줘야 하는 환자였다. 말은 또렷이 못 해도 듣기는 잘 듣는 것 같았다. 동화 이야기 읽어드리면 어떠냐고 말해 보니 해 달라고 한다. 당연히 원할 것이다. 이곳 에이즈 환자가 있는 병실에는 봉사자 방문이 거의 없다. 얼마나 외롭겠는가. 그래서 나는 이분들을 찾아오는 것이다. 다음 주부터는 책 읽어드리는 분이 두 분이 되겠다. 어떤 책을 읽어드릴까? 지금 읽고 있는 책이면 될지 생각을 해봐야겠다.

2017 7 30

나의
라임오렌지나무

일요일 밤. 12시가 되어간다.

오전에는 공소 주일 예절 보고 호스피스 병동에 갔다. 가면서 도서관에 들러 오늘 병원에 가서 읽어 줄 동화책 대출을 연장하고 남원주농협에 들러 빵 5봉지를 샀다. 빵은 병원 2층에 가서 김 씨와 위암 투병 중이고 노숙인쉼터에 있었던 장 씨에게 주었다. 그는 전부터 십시일반(무료급식소)을 이용하였고 노숙도 하였던 분이다. 3층 안종수 할아버지한테 가서 빵을 드렸다. 옆자리 사람은 다른 병원으로 가고 비어 있었다. 이분에게 드리려고 했던 빵을 2층에 새로 입원한 장 씨에게 드릴 수 있었다. 안종수 할아버지는 나를 보더니 역시 반가워하신다. 그동안 어디 갔었냐고 물으시기도 한다. 얼굴은 그대로

이셨다. 옆자리 사람 어디 갔냐고 물으니 그 사람 성질이 못된 제천 깡(깡패)이라고 하신다. 눈을 보면 알 수 있다고. 할아버지는 그 사람 거짓말이 심하다고 하신다. 그리고 아들 녀석이 요새 오지 않는다며 오면 자주 오라고 얘기를 해야겠다고 하신다. 할아버지와 얘기를 나누면서 TV를 보니 '진품명품'이 나왔다. 할아버지 다리 운동시켜 드리고 팔 운동도 같이했다. 주먹 쥐기 하면서 "이찌, 니, 산…" 크게 소리 내신다. 니쥬(20)까지 하고 박수로 마무리한다.

　에이즈 병동에 가서 길수 씨 방에 들어갔다. 그는 조금은 더 말라 보였다. 기운이 왜 없냐고 물으니 괜찮다고 한다. 지난주에 이어 『소에게 친절하세요』 5장을 읽어 주었다. 역시 그는 읽는 동안 "그래요", "좋은 학생이군요" 반응을 보인다. 책 내용은 자폐증을 앓던 아이가 학교에 들어가고 학교에서 동물들과 친해지고 동물들을 사랑하게 되는 이야기다. 소가 예방 주사 맞을 때 V자형 틀(우리)에 들어가면 시끄럽던 소가 편안해지고 조용해지는 것을 보고 사람도 같을 것으로 생각했다. 사람에게 좁은 칸을 만들어 '포용 상자'라고 하며 자주 이용했다. 주인공이 이 포용 상자에 들어가면 마음이 편안해지는 것이다. 자폐증을 치료하는데 지금도 이 기구를 사용한다고 한다.

　길수 씨가 얼마나 이 책에 대해 관심을 가지는지는 잘 모르겠다. 그러나 그는 내가 읽어주는 것에 대해 고마워하고 정성 껏 신경 써서 얘기를 잘 들으려고 노력을 하고 있는 것은 분명하다.

2, 30분이 지나 한 장을 다 읽고 옆방에 있는, 지난주에 새로 온 여성 에이즈 환자에게 갔다. 지난주에 최 수녀님이 소개해 주어서 알게 되었고 책 읽기를 본인이 희망해서 오늘부터 읽어주기로 했다. 말자 씨. 삼척이 고향이고, 결혼 안 했단다. 나이는 모르겠다. 듣는 건 잘 듣고 말은 잘 못한다. 움직이는 것은 팔만 조금 움직일 뿐. 에이즈가 다리부터 사지 마비를 오게 하는 모양이다. 점점 와상이 되어가는 병. 그러다가 밥도 못 먹고 콧줄로 먹게 되고 말도 못 하게 되는가 보다. 오늘 읽어주기 시작한 책은 지난주 터득골 카페에서 산 바스콘셀로스의 『나의 라임오렌지나무』이다. 그림이 많고 읽기 쉬운 그림동화이다. 첫 장을 읽어주었다. 다음 주에 다시 오기로 하고 방을 나왔다. 그녀는 안녕히 가시라고 인사를 하고 내가 "바이 바이" 하니 손까지 흔들어 보여준다. 길수 씨는 손가락만 몇 개 움직일 뿐이다. 오늘 호스피스 병동에서 1시간 반이 지나갔다. 안종수 할아버지 말동무해 드리고 팔다리 운동시켜 드리고 에이즈 환자 두 분께 동화책 읽어주었다.

봉사복 앞치마를 벗어 쇼핑백에 넣고 걸어 나온다. 얼마나 이분들께 도움이 될까 생각해본다. 작년 이곳에 잠시 근무하면서 알게 된 에이즈 와상 환자들, 아무도 찾아오지 않는 이들의 외로움을 보고 주일 봉사를 다니고 있다. 내가 해줄 것이 뭐가 있을까 생각하다 보니 동화책 읽어주는 것이 외로움을 달래주는데 제일 좋을 것 같았다. 말동무는 대화가 쉽지 않아 어렵다. 외로움으로부터 조금만이라도, 일주일에 잠시만이라도 나하고 함께 함으로써 경감되고 즐거웠으면 좋겠다. 처음에는 서먹서먹하고 어려움이 있더라도 차차 시간이 지나면서 친해지고 도움이 될 것이다. 그러나 이들이 그렇게 오래 기다려 주지 않는다는 데 문제가 있다. 벌써 1년여 사이에 3명의 에이즈 환자가 돌아가셨다. 이것도 살아있는 길수 씨에게 큰 위협이고 외로움을 가중시키는 요인이 될 수 있다. 언젠가 자신도 옆 침대 사람들같이 죽어 나갈 것이라고 생각할 것이기 때문이다. 그래서 나는 그에게 우리는 언제고 누구나 죽는다고, 죽는 것을 두려워할 필요는 없다고 말한다. 우리 죽어서 하늘나라에서 다시 볼 수도 있고 그때 반갑게 인사하자고. 죽음을 아무것도 아닌 일상사같이 이야기를 해준다. 그리고 길수 씨는 몸은 못 움직이고 불편해도 마음은 자유롭지 않으냐, 길수 씨는 마음이 착하다고 하고 항상 즐겁게 감사하게 생각해야 한다고 말해준다.

2017 8 6

3
부

마
음
의

눈

동갑내기

 술미공소 주일 예절 보고 남원주농협에 가서 가톨릭병원 환자들에게 줄 빵을 6봉지 샀다. 한 봉지는 내가 가면서 먹는다. 목요일 갈거리 진료 가면서 식구들에게 줄 과자 4상자와 집에서 쓸 생수도 한 꾸러미 샀다. 그리고 기숙 씨에게 줄 아몬드차도 한 상자 샀다. 모두 남에게 선물로 줄 것들이다. 그러니 물건 사는 마음이 즐거울 수밖에 없다. 발걸음이 가볍다.

 가톨릭병원에 가서 우선 봉사자 앞치마로 갈아입고 2층에 있는 환자 두 분에게 빵을 드렸다. 한 명은 퇴원했다고 한다. 김 씨는 계속 불안하다고 한다. 앞으로 어떻게 살아야 할지. 우울증이니 홍성국 신경정신과에 낮에 외출증 끊어서 다녀오라고 했다. 3층에 올라가 신광수 씨에게 한 봉지 주었다. 그는 목에 기관지관을 하고 있지만 아주 잘 적응하고 있다. 본인이 석션도 하고 밥도 자신이 먹고 워커 밀고 걸어 다니며 운동도 한다. TV도 본다. 말은 하지 못하지만 나하고 소통하는 데 문제는 없다. 빵을 한 봉지 주면 그릇에 넣어두었다가 천천히 혼자 먹는다.

다음 안종수 할아버지에게 간다. 각 병실에 환자들이 가득하고 빈 침상이 별로 없다. 호스피스 병동 301호 복도 겸 큰 방에는 할머니 할아버지 와상 환자들이 콧줄, 소변줄, 링거줄을 몸에 여러 개 달고 누워계신다. 의식이 대부분 없다. 식물인간같이 죽을 날만 기다리고 있다. 요양보호사, 간호사들은 이들의 대소변 기저귀 갈아드리고 욕창 드레싱하고 정맥주사 바늘자리 찾느라 땀을 흘린다. 현대판 고려장이라는 말이 무색하다. 나오다 보니 수녀님 세 분이 한 할머니 기저귀 갈아드리고 케어를 한다. 수녀님들이 케어하면 더 깨끗하겠지하는 생각이 든다. 아무것도 모르는 무의식 와상 환자가 그런 것을 알까? 살아있는 자들, 수녀님과 보호자를 위한 위안만은 아닌지 생각이 든다. 밖에는 보호자들이 의자에 앉아 기다리고 있다.

안종수 할아버지는 오늘도 건강한 편이시다. 나를 보고 반가워한다. 어디 갔다 이제 왔느냐고 한다. 옆 침대는 비어 있다. 오늘은 아들 녀석을 고발해서 잡아넣어야 하겠다고 하신다. 아들 녀석이 자기 증명서를 가지고 서울로 도망갔다고 하며 계속 할아버지는 딴 소리를 하신다. 다른 세상에 살고 계신 것 같다. 벌써 이곳에 온 지가 거의 2년이 되어가는데 신체 건강 상태는 올 때보다 더 좋아지셨다고 한다. 보호자들도 할아버지가 이렇게 오래 사실 줄은 몰랐을 것이다. 요새는 가족 방문이 조금 뜸한 것 같다. 옆 사물함 테이블에 먹을 것이 몇 주째 없는 것을 보면 알 수 있다. 오늘은 자기에게 걷는 것을 가르쳐달라고 하신다. 워커가 있으니 딛고 일어나야겠다고 하신다. 우선 다리가 잘 움직여야 걸을 수 있다고 하면서 다리 운동을 열심히 하시라고 했다. 오늘도 다리 관절 운동을 해드렸다. 관절이 굳어서 무릎이 굽혀지지 않는다. 무릎 발목 굳은 것을 운동시켜 드리는 것이 내 할 일이다. 얼마나 효과가 있을지는 모를 일이다. 그리고 주먹 쥐기를 하여 팔 근육운동도 시켜드린다. 빵을 한 봉지 드리고 하나 꺼내드리니 잘 드셨다. 옆에 있는 물을 자주 드렸다. 빵 드시다가 목에 걸릴까 봐 조심스럽다. TV에서 진품명품을 하고 있어 할아버지와 대화 나누면서 가끔 본다.

　길수 씨한테 가서 『소에게 친절하세요』 책을 읽어주었다. 그는 몸을 전혀 움직이지 못하고 목만 조금 움직일 정도이다. 얼굴 상태는 여전하다. 아마 봉사자가 나밖에 오지 않으니 내가 기다려질 것이다. 나를 보고 반가워한다. 처음보다 말을 많이 하는 편이다. 나하고 관계 형성, 라포가 많이 형성된 것 같다.

벌써 몇 개월 아니 근 1년째 다니고 있으니 친해질 만도 하다. 오늘도 6장 한 챕터를 읽어주었다. 그는 중간중간에 "아, 그래요", "착한 학생이군요", "똑똑해요" 등의 리액션을 보이고 맞장구를 쳐준다. 2, 30분 정도 걸린다. 음악도 듣고 있었다. 나는 음악을 끄지 않았다. 그는 음악 듣기를 좋아한다.

옆방 끝에 있는 말자 씨한테 갔다. 이분도 에이즈 환자이고 넓은 방에 혼자 있다. 오늘 물어보니 나이가 65세라고 한다. 나하고 한동갑이라고 하면서 우리 친구 하자고 했다. 나이가 그렇게 들어 보이지 않았다. 지난주부터 동화책을 읽어주기 시작했다. 오늘도 가서 동화책 읽어드릴까요 물어보니 읽어달라고 한다. 혹시 책 읽어주는 것을 싫어할지도 모르기 때문이다. 지난주에 이어 『나의 라임오렌지나무』의 한 챕터를 읽어주었다. 그림동화라서 조금 일찍 끝난다. 처음에는 조금씩 읽어주려고 한다. 이분은 책에 있는 글을 볼 수 있다고 하는데 모르겠다. 그리고 내가 악수하자고 하면 손을 움직인다. 길수 씨보다 덜 마비된 상태이다. 말은 못 한다.

두 분에게 책을 읽어주면 조금은 목이 메려고 한다. 오랫동안 책을 소리내어 읽지 않다가 4, 50분 읽자니 쉽지 않다. 다 마치고 간호사실에 가서 손을 비누칠해서 깨끗이 씻는다. 에이즈가 일상 활동에서의 접촉으로 감염되지는 않는다고 하지만 많이 조심스럽다. 손목도 만지고 악수도 했다. 그리고 바로 옆에서 의자에 앉아 책을 읽어주니 조심해야 된다. 가끔 환자가 내 앞에서 기침이나 재채기할 때도 있는데 기분이 좋지는 않다. 그러나 환자를 직접 만지고 케어 하는 분들을 보면 나는 아무것도 아니라는 생각이 들고 기운도 새로 난다. 나병환자촌에서 함께 살면서 돌아가신 어느 성인이 생각난다. 나야 성인도 아니고 혼자 사는 수도자도 아닌 일반 가정의 가장이니 더 주의를 해야 한다.

오늘 점심은 박민식 목수 집에서 비빔국수를 먹고 내려왔다. 장상철 선생 작품 두 개 가져다주었다. 어제는 '감자바위'에도 두 개 주었다. 이들은 모두 장 선생 작품을 귀중히 아낄 줄 아는 분들이라고 생각되어 준다.

2017 8 13

맞춤형 대화법

　오전에 역시 술미공소에서 예절을 보고 가톨릭병원 호스피스 병동에 봉사를 다녀왔다. 오늘은 흥업성당에 성경책 필사한 것도 냈다. 구약성서 '에즈라기'였다. 모든 교우가 한 장씩 썼다.

　3주 만에 가는 것이다. 한 주는 어머님 생신이셨고 한 주는 감기로 못 갔다. 은행정 윗집 부부는 술미공소에 갈 마음이 없나 보다. 오늘도 시간이 안 된다고 한다. 병원 가기 전에 남원주농협에 들러 빵을 사가지고 갔다. 봉사자 앞치마를 입고 먼저 2층 장 씨한테 가서 빵 2개를 주었다. 그는 나한테 병원에서 치료할 것이 없어 고민이라고 한다. 병원에 입원해 있을 의미가 없다고. 요새 입맛이 더 없고 기운이 없다고 한다. 많이 여윈 모습이었다. 이번 주 28일 기독병원에 가서 항암치료를 다시 해야 할지 문의하겠다고 한다. 산속에 들어가 요양을 하고싶다고 했지만, 정부에서 주는 수급비 30여 만 원으로는 갈 곳이 없다.

3층에 올라가 신광수 씨한테 빵을 2개 줬다. 여전히 화장실에 워커를 끌고 가면서 조금씩 조금씩 걸어 다닌다. 기관지절개 상태로 말이다. 그리고 안종수 할아버지한테 가서 빵을 4개 드리고 나도 하나 같이 먹었다. 역시 할아버지는 건강해 보였다. 치매가 심해져서 계속 딴 말씀만 하신다. 나는 망상 같은 딴 말씀을 하면 그것에 맞추어서 대화한다. 지난번에 아들이 할아버지 신분증을 훔쳐 갔다고 해서 아들을 잡았냐고 물어보기도 했다. 못 잡았다고 하신다. 그래도 내가 가면 금방 알아보시고 반가워한다. 오늘도 마누라 얘기를 하셨다. 마누라가 한글을 모른다고 하시고, 동생 얘기도 하셨다. 옆 침대 할아버지는 다른 방으로 옮기고 없었다.

길수 씨한테 가서 『리디아의 정원』을 읽어드렸다. 전에 한 번 읽었던 책이다. 그는 여전히 밝게 인사하고 웃음도 짓는다. 말도 전보다 더 크게 잘하는 것 같았다. 반가운 일이다. 말기 에이즈 환자가 조금이라도 좋아지니 말이다. 그는 계속 노래를 듣고 있었다. 작년에 내가 사준 라디오로 잘 듣고 있다. 『리디아의 정원』을 다시 읽어주니 더 잘 이해하는 것 같고 더 관심과 흥미를 갖는 것 같았다. 내가 읽을 때 눈을 크게 뜨고 책을 본다. 그림 동화책이기 때문에 한 장 한 장 넘길 때마다 책 그림을 보여준다. 책에 있는 그림 보는 것을 좋아하는 것 같다. 그가 언제 색칠한 밝은 그림을 보았을까 생각도 해본다. 그러니 책 그림에 대해 신기해하고 반가워할 것이다. 오늘은 『리디아의 정원』이야기를 완전히 이해한 것 같았다. 『리디아의 정원』은 리디아라는 소녀가 외삼촌 집에 가서 잠시 살다가 오면서 외삼촌이 운영하는 빵 가게 옥상에 화초를 심어서 정원을 꾸몄다는 이야기이다. 그래서 무뚝뚝한 외삼촌이 웃기도 하고 기차역까지 마중을 나와 포옹도 하고 했다는 아름다운 동화이다.

옆방 말자 씨한테는 시간이 늦어 다음 주에 읽어드린다고 했다. 당직을 보시는 원장님은 말자 씨가 전혀 알아듣지 못하는 식물인간이라고 한다. 정말 그렇다면 내가 책을 읽어드리는 것이 아무 소용이 없을 것 같았다. 그러나 내가 보기에는 조금은 알아듣는 것 같았다. 나한테는 물음에 반응을 보였다. 설령 못 듣는다고 해도 계속 읽어드릴 것이다. 알아듣지 못해도 그냥 찾아주는 사람이 옆에 있다는 것만으로 좋을 것 같아서이다.

집에 오니 1시가 넘었다. 저녁 갈거리에 묵주신공을 드리러 갔다. 6시에 갔는데 벌써 거의 끝나간다. 나도 한 단을 같이 드렸다. 남자 여자가 다른 건물로 분리가 되어 베닉노의 집 2층에서는 남자 식구들이 묵주기도를 드린다. 루까 아저씨는 아녜스의 집으로 내려가 여자 식구들과 기도를 드린다. 묵주기도는 다 못 드리고 저녁기도와 다른 기도를 같이 드렸다. 루까 아저씨가 참 많은 일을 하고 계시다는 생각이 들었다. 특히 갈거리 식구들의 신앙생활은 루까 아저씨가 전적으로 도맡아서 하고 계시는데, 성자 같다는 생각이 든다. 참 고마운 분이시다. 나도 일요일 저녁마다 오겠다고 했다.

2017 9 24

반성 —
마음 돌아보기

  일요일 밤.
  방금 원주투데이에 보낼 글을 정리했다. 그리고 켄 어드 선생님께 이메일을 보냈다. 그제가 선생님의 90세 생신이었다고 한다. 미리 알았더라면 찾아가 뵈었어야 했는데 죄송했다.
  아침에 오늘도 역시 공소 가고 도서관에 가서 책 빌리고 농협에 가서 빵 사고 호스피스 병동에 갔다. 3층 준비실에서 옷을 갈아입었다. 봉사자 명찰이 달린 앞치마가 나의 작업복이다. 먼저 2층 장 씨한테 빵 하나 들고 내려갔다. 장 씨는 병원에서 너무 오래 있었다고 나가라고 한다고 한다. 어디로 갔으면 좋을지 걱정을 한다. 위암 수술받고 완쾌가 안 되었는데 집도 없으니 갈 곳이 걱정이다. 요양병원에 알아보라고 했다. 그리고 동사무소 복지담당자나 시청복지과에 상의해 보라고 했다. 월세방도 좋은데 밥을 해 먹는 것이 곤란하단다. 처지가 딱했다. 같이 한참 고민했다. 그리고 잘 안되면 나한테 오라고 하고 병실을 나왔다. 나도 고민이 된다. 좋은 방법이 떠오르지 않는다. 노숙인쉼터에는 여러 명이 방을 함께 써서 가기 싫다고 한다.

3층에 올라가 신광수 씨한테 빵을 하나 드렸다. 그는 내가 "잘 계세요?" 하면 고개를 끄덕인다. 옆방 길수 씨한테 이따 보자고 잠시 인사를 하고, 먼저 안종수 할아버지한테 갔다. 할아버지는 주무시다가 나를 보고 반가워하신다. 왜 이렇게 오래 있다 왔냐고 하신다. 빵도 드리고 TV도 켜고 한참 얘기를 나누었다. 추석 연휴 때 가족들이 왔었다고 한다. 부인이 많이 살이 쪘다고 하며 큰아들도 왔었다고 한다. TV에서 92세 할머니 의사가 나온다. 요양원 진료를 하시면서 다른 봉사도 다니신다. 요양원에서 생활하시며 주말에 한번 집에 가시는데 전철을 6번 갈아타야 한다. 얼굴에 화장도 하신다. 굉장하신 분이셨다. 그분의 건강이 부러웠다.

할아버지 다리 운동시켜 드리고 다리 주물러 드렸다. 다리가 점점 움직이기 어려워지는 것 같다. 누가 다리 운동을 자주 시켜드리면 좋겠는데 이곳에서는 생각도 못 할 일이다. 할아버지 혼자서는 할 수가 없다.

마음의 눈

길수 씨한테 가서 오늘 새로 도서관에서 빌려 가져간 『이상한 나라의 앨리스』를 읽어드렸다. 한 챕터 읽었다. 방에는 오늘도 라디오에서 노랫소리가 흘러나오고 있었다. 그는 몇 주 만에 봐서 그런지 조금은 건강이 나빠진 것 같았다. 마음이 우울한 것인지도 모르겠다. 말이나 목소리가 조금은 작아졌다. 웃음도 적어졌다. 왜 그런지 모르겠다. 풍전등화의 목숨을 가지고 있는 이들의 마음속을 내가 어떻게 알 수 있겠는가. 그저 옆에 가끔 와서 친구가 되어줄 뿐이다. 나도 그것으로 봉사하고 있다고 만족, 자위하고 있는 것은 아닌지. 얼마나 이들에게 도움이 되는지도 모르면서 내가 좋아서 이들에게 만남을 강요하는 것은 아닌지 모르겠다.

길수 씨 방을 나와 옆에 있는 말자 씨 방으로 갔다. 말자 씨는 말을 전혀 하지 못한다. 가서 물었다. "오늘 책 읽어드릴까요?" 그는 고개를 저으셨다. 다시 확인했다. "책 읽어드리지 말까요?" 고개를 끄덕인다. 의사 표시를 분명히 하는 것 같았다. 그래서 다음에 오겠다고 하고 나왔다. 길수 씨에게 책을 읽어드리고 다시 말자 씨한테 읽어드리려니 내가 좀 힘들 것 같았다. 그래서 오늘 말자 씨한테는 읽어드리지 못하겠다고 생각했었는데, 말자 씨가 마침 원하지 않아서 다행이었다. 다음에 와서도 의사를 다시 확인하고 읽어드려야 하겠다. 길수 씨는 계속 고마워하는 것 같은데 본마음은 어떤지.

참 모를 일이다. 언제 죽을지 모르는 상태에 놓여있는 분들의 마음속을 내가 어떻게 알 수 있겠는가. 나같이 편안하게 생활하는 사람이 어떻게 그들의 마음을 이해할 수 있겠는가 말이다. 눈곱만큼도 알지 못할 것이다. 봉사도 내가 좋아서, 나를 위해서 다니는 건 아닌지, 그들이 정말 원하고 있는지 의심 걱정이 든다. 생각해 볼 일이다. 진정 그들을 위해서 가는 것인가.

어제는 갈거리협동조합의 금융복지상담사 양성 교육이 처음 있었다. 8회 교육이 있다. 무위당 기념관에서 있었고 30명이 왔다.

2017 10 15

어머니

아침에 공소예절 보고 남원주농협에 가서 빵 사고, 집에서 필요한 라면 사고 물 사고 호스피스 병동으로 갔다. 빵을 가지고 2층 장 씨한테 가니 자고 있어 빵만 놓고 나왔다. 지난주에 병원에서 나가란다고 걱정을 하던데 어떻게 하기로 했는지 궁금하다.

3층에서 봉사 앞치마를 입고 광수 씨한테 빵을 드렸다. 이분은 여전히 건강 유지를 잘하는 것 같았다. 내가 가면 묻는 말에 고개를 끄덕인다. 참 다행이다. 식사 잘하시고 워커 붙잡고 운동 많이 하라고 말하고 나온다.

안종수 할아버지한테 갔다. 할아버지는 나를 항상 반가워한다. 왜 이렇게 늦게 왔냐고 하신다. 몸은 좋아 보이신다. 마누라가 보고 싶어서 오늘 집에 갔다 와야겠다고 하신다. 마누라도 나를 보고 싶어 한다고 하시면서 말이다. 다리를 전혀 움직일 수 없는 상태인데 오늘 집에 갔다 온다고 한다. 여전히 치매는 중증이시다. 한참 마누라가 보고 싶다고 하시더니 또 내가 보고 싶었다고 하면서 눈물까지 흘리신다. 지금까지 할아버지가 말씀하면서 눈물을 보이는 것은 처음이었다. 얼마나 부인이 보고 싶었으면 눈물을 흘리실까. 그것도 인지능력이 많이 떨어진 치매 어르신이 말이다. 할아버지의 부인에 대한 보고픔이 느껴진다. 나보고 같이 갔다 오자고 한다. 나는 오늘 어머니한테 가야 하니까 요양보호사와 같이 다녀오시라고 했다. 할아버지는 지나가는 직원을 가리키며 저 요양보호사가 이 병원 통솔자라고 한다. 빵을 하나 드리고 나도 조금 나눠 먹었다. 그리고 남은 하나는 오후에 드시라고 했다. 한참 얘기를 나누고 다리를 주물러드리고 관절 운동을 조금 해드렸다. 오늘도 주먹 쥐기 10번씩 몇 번 했다. 물론 오늘도 "이찌, 니, 산…" 일본어로 구령을 같이 붙여가며. 내가 가야 한다고 하니 "충성" 경례도 하셨다. 오늘따라 "충성" 소리가 컸다. 부인 보고 싶다는 말을 많이 하고, 들어주는 사람이 있어서 기분이 좋아지신 모양이다.

 나오는데 다른 방에 옛 부부의원 단골이셨던 임영희 할머니를 보았다. 감기로 며칠 전에 입원했고, 잘 못 걸으신다고 한

91   마음의 눈

다. 감기 낫고 운동 많이 하셔서 걸으시라고 했다. 일산동에 사시는 분이시다.

말자 씨한테 가서 "오늘도 책 읽기 하지 말까요?" 물어보니 고개를 끄덕인다. 책 읽기 듣는 것이 불편한 모양이다. 그래서 인사만 하고 나왔다. 옆 방 길수 씨에게 갔다. 그는 전에 비해서 좀 우울해 보이고 기운이 없어 보였다. 눈을 감고 있고 목소리도 아주 작아졌다. 걱정이 된다. 조금만 더 나빠지면 생명이 위태로워지는 상태가 될 텐데 말이다. 너무 체력이 없어서 조금의 신체 스트레스도 이겨나갈 수 없을 것이다. 어쨌든 인사를 하고 기운 내라고 하며 책을 읽어드렸다. 지난번에 이어 『이상한 나라의 앨리스』 3장을 읽었다. 그는 그래도 나한테 집중을 하고 흥미를 갖기 시작했다. 눈도 다시 초롱초롱해졌다. 간혹 웃기도 했다. 다행이라는 생각이 든다. 역시 관심이 사람을 일으키는가 보다. 칭찬이 고래도 춤추게 하는 것과 같은 이치다. 한 챕터 읽는데 30분 정도 걸렸다.

책을 다 읽고 내가 오늘 양평 어머님 집에 간다고 하면서 길수 씨 어머님이 계시느냐고 물었다. 계신다고 하면서 이곳에 있는 것을 모르신다고 한다. 알리지 않았다고 한다. 속상해하실까 봐 알리지 않았다. 언제 죽을지 모르는 삶인데, 어머니한테 내가 살아있고 어디에 있는지 알리지 않은 것이다. 단지 어머님이 나를 보시고 속상해하실 것 같아서 말이다. 참 안되었다. 나는 그래도 어머님은 지금 길수 씨가 살아있는지, 어디에 있는지 궁금해하실 것이라고 했다. 이렇게 정신이 말똥말똥하고 말을 할 수 있을 때 어머님을 뵙고 고맙다고 말씀드리는 것이 좋지 않겠냐고, 생각해 보라고 했다. 수녀님이 콧줄로 점심 주러 오셨다. 수녀님도 길수 씨가 여기 있다는 것을 그의 어머님이 모른다는 사실을 알지 못했다. 길수 씨가 생각해 보고 결정하라고 했다. 나는 어머님께 알려서 만나는 것이 좋을 것 같다고, 그러나 결정은 길수 씨가 해야 한다고 했다.

참 슬픈 이야기이다. 죽어 가면서 어머님께 알리지 못하는 심정, 나를 보고 마음 아파하실까 봐 알리지 못하는 심정, 본인은 얼마나 마음이 아플까 생각한다. 에이즈로 죽어 가면서 착한 마음이 그래도 남아있는 사람이다.

2017 10 22

93 마음의 눈

모든 것은 변한다

아침에는 술미공소 갔다가 남원주농협에 들러 빵 사 가지고 가톨릭병원 호스피스 병동에 갔다 왔다. 먼저 봉사 앞치마를 입는다. 앞치마에는 중앙동 세림사 아저씨가 새겨준 '봉사자 곽병은' 명찰이 달려있다.

2층에 있었던 장 씨는 퇴원하고 없었다. 지난주에 갈 곳이 없다고 걱정했었는데 물어보니 연세노인병원으로 갔다고 한다. 3층에 올라가 신광수 씨한테 빵 한 봉지를 드렸다. 여전히 말은 못 하고 잘 있다고 고개만 끄덕인다. 옆방에 있는 길수 씨한테는 이따 보자고 하고, 그 옆방에 있는 말자 씨한테는 인사만 하고 나왔다. 내가 들어가 "안녕하세요?" 하면 눈도 뜨고 고개도 돌려본다. 그리고 잘 있으라고 하면 눈도 맞추고 고개를 끄덕인다. 인지능력이 있는 것 같았다. 이곳 원장님은 없다고 하는데 말이다.

그리고 안종수 할아버지한테 간다. 할아버지는 여전히 나를 아주 반갑게 맞아준다. 얼굴도 밝게 큰 소리로 "안녕하세요", "어서 오세요", "어디 갔다 오셨어요" 하고 묻는다. 얼굴도 좋아 보이신다. 오늘도 부인 얘기를 꺼내신다. 친구 부인 얘기도 하시면서 여러 가지 얘기를 한참 하신다. 요양보호사가 할아버지가 이상한 얘기만 해서 직원들이 잘 안 들어주는데, 선생님만 잘 들어주셔서 좋아한다고 한다. 사실 할아버지는 치매가 심하셔서 현실에 맞지 않는 얘기만 하신다. 그러면 나도 거기에 맞추어서 들어주고 대꾸를 한다. 같이 헛소리를 하고, 같이 치매 환자가 되어준다.

할아버지는 내가 드리는 빵을 아주 잘 드신다. 금세 반 개를 다 드셨다. 요양보호사가 들어와 할아버지가 비만이 되셨다고 한다. 진짜 배를 보니 배가 불룩하다. 임신 몇 개월이냐고 농담을 할아버지한테 한다. 할아버지도 배가 나온 것을 아신다. 할아버지 얘기 듣다 보면 금세 2, 30분이 지나간다. 나도 그동안은 치매 환자가 된다. 현실성 없는 얘기, 이상한 나라의 얘기를 하는 동안은 나도 즐겁다. 왜 그럴까? 다리를 주물러드리고 관절 운동을 시켜드리고 주먹 쥐기도 한다. 할아버지는 빨리 나아서 걸어 나가야 한다고 한다. 그러려면 운동을 많이 하시라고 말씀드린다. 진짜 걸어 나갈 것 같이 할아버지는 희망을 가지신다. 할아버지께 거짓말을 하는 것이 되지만, 그래도 나는 진실인 양 말씀 드린다. 같이 치매 환자이니까.

길수 씨한테 간다. 몸을 옆으로 해달라고 한다. 가까이에 가서 몸을 움직이니 심한 대변 냄새가 난다. 몸에 배었나 보다. 잠시 역겨웠다. 내색할 수는 없다. 나도 그 정도는 참을 수 있는 봉사경력자가 아닌가. 떨어져 앉아 책 읽어줄 때는 몰랐는데 가까이서 몸을 움직이니 냄새가 그렇게 많이 났다. 한편 내가 이렇게 에이즈 환자를 만지고 가까이서 얘기를 나눠도 되는 것인지 걱정이 앞선다. 간호 수녀님한테 마스크를 물어보니 없다고 한다. 다음부터는 꼭 준비해 와야겠다고 생각했다. 먼저 지난주에 얘기가 있었던 어머님한테 길수 씨 소식을 알리는 것을 어떻게 하기로 했냐고 물었다. 그는 알리지 않기로 했다고 한다. 그러면서 눈시울이 붉어진다. 자기를 보시고 어머님이 괴로워하실 것이 더 힘든 모양이다. 그래도 어머님이 아시는 것이 중요하다는 것을 설명하고 길수 씨의 의견이 제일 중요하다고 말했다. 이해할 수 있다고 생각했다.

오늘도 『이상한 나라의 앨리스』를 읽었다. 3장 '코커스 경주와 길고 긴 이야기'였다. 지난주 얘기도 설명하면서 이야기 줄거리를 말해 주었다. 그는 책의 내용을 잘 알고 있었다. 나도 점점 책에 대해 궁금해지고 흥미가 있어진다. 길수 씨도 그랬으면 좋겠다. 그는 노래를 진짜 좋아하는 모양이다. 항상 라디오를 듣고 있다. 내가 책 읽어줄 때는 꺼달라고 한다.

다른 병실에 있는 임영희 할머니를 뵈었다. 지난주에 병원에 계신 것을 알았다. 오늘도 가서 인사를 하고 안종수 할아버지에게 드렸던 빵 하나를 가져와 조금 떼어 드렸다. 빵을 먹을 수 있다고 한다. 물도 빨대로 드렸다. 조금씩 천천히 잘 드셨다. 나머지는 옆에 둔다고 했다. 옆 침대 할머니도 계시는데, 2층 일반병실에 계시다가 올라왔다고 한다. 할머니 본명은 마르타. 그리고 임영희 씨는 안나였다. 다음 주부터 성경을 읽어드리기로 했다. 지난번 가톨릭센터 서점에서 산『쉽게 풀어쓴 성경책』을 읽어드려야겠다는 생각이 들었다.

오늘 갈거리 갔다가 주일 예절 마치고 나오는 발걸음이 무거웠다. 지난주에 손윤미 선생이 그만둔다고 인사 왔었는데, 오늘 박성옥 선생한테 원 간호사도 그만둔다는 얘기를 들었다. 갈거리에 전부터 있던 직원들이 다 나간다. 직원들이 얼마나 힘들고 마음이 아팠으면 그만둘까. 문제가 크다고 생각된다. 오래된 직원들이 바뀌면 시설의 생활자들에게도 좋지 않은 것인데 말이다. 그렇다고 내가 법인에 들어가 신부님께 얘기할 수도 없다. 나는 이미 나온 사람이다. 이미 죽었다고 생각한다. 이렇게 생각하니 꼭 내가 죽고 나서 갈거리가 어떻게 운영되는지를 보는 것 같았다. 가톨릭에 믿고 맡겼는데 갈거리의 정신이 이어지지 않는다. 이어가려는 의지도 없어 보인다. 이런 것이 후회된다. 그러나 사회는 바뀌고 시간도 흘러 모든 것이 변화되는 것이 아닌가. 어떻게 변하느냐는 두고 볼 일이다. 인간이 어떻게 할 수가 없다. 단지 그만두는 직원들한테 미안하고 앞으로 더 좋은 곳으로 가서 잘되기를 바랄 뿐이다. 갈거리를 가톨릭에 기증한 것에 진정 영원히 후회가 없기를 조용히 기도한다.

2017 10 29

산 자와 죽은 자가
만나는 곳

술미공소에서 주일 예절 끝나고 성경 읽기도 했다. 우찬 씨가 책 읽는 것이 점점 좋아진다. 지난주부터 미성이도 같이 읽기 시작했다. 주의력이 부족하여 줄을 건너뛰는 것이 있지만 그래도 한글을 다 알고 있는 것 같았다. 우찬 씨와 옆에서 몇 줄씩 읽고 있다. 본인도 좋아한다. 성경 읽기에 참여한다는 것이 자랑스러워 보였다.

가톨릭병원 호스피스 병동에 갔다. 2층에는 빵을 줄 사람이 없어졌다. 장 씨가 퇴원했다. 3층에서 앞치마를 입고 신광수 씨한테 가서 빵 두 개를 드렸다. 신광수 씨 방에 가면서 옆방에 있는 길수 씨 방문 앞 이름표를 먼저 본다. 혹시 이름이 지워지지는 않았는지. 지금까지 모르고 가서 보면 방문 앞 이름표가 지워진 분들이 많았다. 호스피스 병동의 당연한 모습이 아닐까. 며칠, 몇 주 아니 몇 개월 계시다가 돌아가시면 이름표에 이름이 지워진다. "아! 지난주에 돌아가셨구나, 하느님 망자를 돌봐주세요" 하는 생각이 마음속에서 자연히 일어난다. 301호 복도 겸 큰 병실에는 자주 침대 주인이 바뀐다. 지나가면서 침대에 붙어있는 이름표도 같이 확인한다. 이름도 바뀌고 침대에 누워있는 어르신도 모르는 분이 계시다.

이렇게 호스피스 병동은 생자와 망자가 교차하는 곳인가 보다. 생자와 망자가 같이 있는 곳인지도 모르겠다. 풍전등화, 언제 숨이 멈출지 모르는 분들이 누워계신다. 이들이 죽음을 준비하는 분들, 아니 죽음을 재촉하는 분들인지도 모르겠다. 301호를 지나가면서 고개가 떨어진다. 숙연해진다. 인생은 무엇인가? 하느님은 계신가? 그리고 나는 누구인가? 나는 어떤 의사인가? 나는 어떤 봉사자인가? 등을 나에게 묻는다. 그러면 고개가 점점 더 땅으로 떨어진다. 요양보호사와 수녀님들은 열심히 기저귀를 갈아드리고 닦아드리고 있다. 그리고 기도담당 수녀님은 열심히 환자 옆에서 기도하고 계신다. 창밖에 단풍은 햇빛에 반사되어 붉은색으로 타고 있다.

3층 길수 씨 방 입구 이름표에 김길수 이름이 있는 것을 제일 먼저 확인하고 들어간다. "길수 씨 안녕" 큰 소리로 인사를 보낸다. 나는 일부러 큰 소리로 씩씩하게 말한다. "조금 있다가 올게요"

안종수 할아버지한테 간다. 가는 중에 304호에 임영희 할머니가 안 계셔서 물어보니 퇴원하셨다고 한다. 성경을 읽어드리기로 했는데, 그래서 책도 가지고 왔는데, 안 계신다. 지난주에 오지 못한 것이 후회가 된다. 안종수 할아버지와 얘기를 나누며 발을 주물러 드렸다. 기저귀 발진이 있어 옆으로 눕혀져 있었다. 할아버지가 나한테 똑바로 눕혀달라고 하여 조금 바로 해드렸더니 할아버지 자신이 움직여 몸을 바로 했다. 나를 기다렸다고 한다. 할아버지 얘기를 들어주고 상대해 주는 사람을 기다린 모양이다. 오늘도 부인 얘기를 꺼내셨다. 그리고 전라도에서 올라온 한숙희 씨 얘기도 했다. 그 사람은 몸을 다른 남자들에게 막 준다는 얘기도 하신다. 요양보호사가 할아버지가 비만이라서 빵을 하나만 드리라고 한다.

길수 씨한테 갔다. 콧줄로 점심을 들고 있었다. 나는 "점심 들고 계시네, 점심 맛있어요?" 농담을 건넨다. 그는 내가 가면 처음에는 말도 적고 표정도 별로 없다가 책 읽기가 끝나 갈 때쯤이면 고맙다는 말도 하고 표정이 좋아진 것을 알 수 있다. 그래서 내가 이분에게 도움이 되기는 되는가 보다 생각도 한다. 오늘은 책 읽기 전에 내가 다음 주에 부산 가기 때문에 못 온다고 했다. 길수 씨에게 부산에 있었냐고 물으니 서울에 있었다고 한다. 서울 종로, 주로 낙원동에 있었다고 한다. 그곳에서 별명을 물으니 '똑순이'였다고 한다. 내가 그에게 똑순이라고 부르는 것이 기분 나쁘지 않느냐고 물으니 괜찮다고 한다. 오히려 더 반가워하는 눈치였다. 아마 오랜만에 똑순이라는 자기 별명을 들었을 것이다. 별명을 알지도 못하고 알려고 하는 사람도 없었을 것이니까. 그래서 친근한 별명을 오랜만에 들어서 반가웠을 것이다. 그런 표정이었다. 생기가 난다고 할까.

 지난주에 이어 『이상한 나라의 앨리스』 4장 '토끼가 도마뱀 빌을 들여보내다'를 읽었다. 읽어주는 내가 재미가 있다고 하니 그도 재밌고, 기대가 된다고 한다. 이야기는 앨리스라는 소녀가 약을 먹고 커졌다가 작아졌다가하며 일어나는 동물들과의 얘기이다. 30분 정도 걸린다. 다 읽고 나니 그는 고맙다고 한다. 내가 고맙다고 했다. 나는 길수 씨가 있어 봉사할 수 있어 고맙다고. 길수 씨는 재미있는 얘기를 들어서 고맙고 서로 고맙다고 했다. 그래서 길수 씨가 오래 살아있어야 한다고 했다. 나오면서 인사를 한다. 기운 내시라고, 다다음 주 보자고, 다음 만남을 기다리면서 더 살아야겠다는 의욕도 일어나고 기다리는 동안 즐겁지 않을까 하는 기대를 가져본다.

2017 11 12

이상한 나라의
앨리스

일요일 아침에는 갈거리 술미공소에 간다. 주일 예절을 보고 성경 읽기도 신자들이 둘러앉아 같이 한다. 우찬 씨가 이제는 책 읽기가 많이 늘었다. 한 글자 한 글자 더듬더듬 읽던 것을 이제는 조금씩 붙여서 읽는다. 내년이면 더 많이 나아질 것으로 보인다. 그 옆에서 몇 주 전부터 미성 씨도 읽기를 시작했다. 우찬 씨보다 더 잘 읽는 것 같은데, 혼자서 여기저기 읽어 산만하다. 어쨌든 둘이서 성경 읽기의 한 부분을 차지하고 있다.

그리고 가톨릭병원 호스피스 병동에 간다. 가는 길에 먼저 남원주농협에 들러 빵을 몇 개 산다. 간 김에 물도 산다. 집에서 생수를 먹는데 물이 헤프다.

마음의 눈

가톨릭병원은 붉은벽돌 건물이다. 30여 년 전 내가 이곳에 근무할 때와 변한 것이 거의 없다. 그래서 나는 더 좋다. 마당 나무들도 크기만 커졌을 뿐 느티나무, 단풍나무 등이 모두 그대로다. 병원 입구에 있던 시인 김지하 씨 집이 헐려서 주차장으로 사용되고 있는데, 집 뒤에 많았던 대나무가 모두 없어져 아쉬웠다. 주차장에 차를 대고 계단을 오른다. 계단에 단풍잎들이 떨어져 물에 젖어있다. 붉은 단풍나무 잎들을 밟고 천천히 올라간다. 계단 옆에 둔 화분에는 고왔던 꽃과 잎이 떨어져 앙상한 가지만 남아있다. 정원을 걸어 계단을 올라가며 생각한다. 내가 지금 이곳에 가는 것이 옳은 것인가? 이곳에 무엇을 하려고 왔는가? 그러면 나는 똑바로 그 일을 하고 있는가? 삶의 마지막 며칠 남은 날들을 사는 이분들에게 나는 무엇을 어떻게 해드려야 하는가? 진정성 있게 다가가는가? 얼마나 도움이 될까? 걸어가는 몇 발자국 동안 잠시 생각을 하면서 걸어 올라간다. 부디 내 작은 움직임이 이들에게 더 없는 큰 도움과 위안이 되기를 바랄 뿐이다. 더 가까이, 더 진정성을 가지고, 더 인간적으로, 더 마음의 벽을 허물고 같이하고 싶다. 그래서 아픈 마음을 위로하고 싶다. 단지 이들과 함께 있음으로써 이분들에게 즐거움이 되고 위로가 되었으면 좋겠다.

오늘도 신광수 씨에게 빵을 주고 옆방에 말자 씨에게 들어가 "안녕하세요?" 인사를 한다. 말자 씨는 오늘따라 고개를 크게 끄덕이며 반응을 보인다. "별일 없어요?" 물으면 눈을 크게 뜨고 고개를 젓는다. 의사 표현이 분명해졌다. 몇 달이 지나니 나를 믿어주는 것인가, 관계 형성이 잘되었는가? 다행이라는 생각이다. 그래서 "책 읽어드릴까요?" 물으니 고개를 젓는다. "아무 때고 책 읽기 원하면 알려주세요" 일렀다. 의사 표현이 뚜렷하고 말은 아니지만, 몸 움직임이 커져서 기분이 좋다. 나한테 신뢰를 보내온 것 같아서 말이다.

안종수 할아버지에게 갔다. 할아버지는 주무시고 계셨다. 요양보호사와 간호조무사가 할아버지가 욕을 심하게 해서 힘들다고 말한다. 수녀님들한테도 심한 욕을 한다고 한다. 왜 욕을 하느냐고 물어보았다. 할아버지는 기저귀를 갈 때 욕을 해도 되냐고 물었더니 하라고 해서 욕을 했다고 한다. 그래서 앞으로는 욕을 하시지 말라고 하니 그러겠다고 한다. 손가락을 걸고 약속도 했다. 욕을 하면 듣는 사람 기분이 나쁘다고 하니 할아버지는 욕하는 사람도 기분이 나쁘다고 한다. 나하고 약속한 것을 얼마나 지키실지 궁금하다. 역시 치매 어르신에게는 나도 치매 환자같이 눈높이를 맞추어서 상대하고 얘기를 나누는 것이 좋은 것 같다. 할아버지가 유치원생 같이 어려졌으면 거기에 맞추어서 유치원생 같은 말을 해주면 된다. 욕을 하면 왜 나쁜지 그리고 왜 욕을 하는지 유치원생에게 묻듯이 물어보고 가르쳐주면 된다. 어린애 다루듯이 천천히 하나하나 말하고 가르쳐준다. 다리를 주물러드리고 관절을 풀어드리고 마지막으로는 주먹 쥐기도 하고 손뼉 치고 마친다. 그리고 마무리는 거수경례를 한다. 할아버지는 큰 소리로 "충성" 한다. 옆자리에 새로 오신 분이 있는데 같이 "충성" 경례를 하고 나온다. 옆자리 할아버지는 대장암 환자이시다.

길수 씨한테 간다. 지난주에 오지 못했는데 2주간 잘 있어 보였다. 눈이 또렷또렷하다. 말도 분명하게 잘한다. 물론 정상 발음은 아니지만, 지난번에 비해서 나쁘지 않다는 말이다. 『이상한 나라의 앨리스』 오늘은 5장 '애벌레의 충고'를 읽어줬다. 그도 기대가 된다고 한다. 나도 점점 이야기가 재밌어진다. 30분 정도 걸렸다. 오늘은 버섯을 먹으면 커졌다가 작아졌다가 하는 얘기다. 도서관에서 빌렸는데 반납기한이 지났다. 다시 부탁을 해봐야겠다. 책을 읽고 잠시 얘기를 나누었다. 나는 점심에 양평에 계신 어머님한테 간다고 했다. 그는 나에게 고생한다고 하며 어머님한테 연락을 하지 않은 것이 1년 반이 되었고, 에이즈를 앓은 것이 8년 되었다고 한다. 전에는 지팡이 짚고 다녔고 어머님한테 전화도 드렸다고 한다. 1년여 전부터 말을 길게 하면 숨이 차서 전화를 못했다고 한다. 전화를 안 드리면 잘 있을 것으로 생각하실 것이라고 한다. 이해가 된다고 했다. 다음 주에는 설악산 가서 못 온다고 하고 2주 후에 다시 보자고, 그때까지 기운 내고 잘 있으라고 했다. 혹시 그가 내

가 보고 싶어서, 책 읽기를 듣고 싶어서 더 살아야겠다는 의지
가 조금이라도 생긴다면 얼마나 좋을까 나는 감히 바라면서
방을 나온다.

2017 11 26

존엄사

많이 여위었다
나를 보고 작은 미소만 보낼 뿐이다
목소리는 들릴 듯 말듯
아침에 미음 몇 숟가락 드는 둥 마는 둥 했단다
그렇지만 그녀의 희미한 눈빛은 내 눈과 정확하게
마주쳤었다

어제 돌아가셨다고 한다
며칠 전 내가 다녀가고 급격히 악화되었다고

올봄부터 음식 넘기는 게

힘들었다
나이 들고 몸 약해지면 찾아오는 어려움
연하곤란*
그녀는 소뇌위축증을 앓아 더 빨리 왔다
요양원 호스피스 어르신들의 많은 분이
콧줄로 식사를 한다

그녀는
비위관 사용을 거부했다
간호사나 보호자의 권유에도
완강히 의사를 분명히 했다
나도 본인의 의사를 존중하자고 했다

점점 식사량이 줄고
물도 넘기기 어려워졌다
의사인 나는 도와줄 것이 없었다
2주에 한 번 가서
식사를 전혀 들지 못하게 되는 그날만 확인하고
기다리고 있는 양 미안할 뿐이다
점점 밥에서 죽으로 또 미음으로 식사량이 줄고

---

* 음식물을 삼키기 어려운 증상

마음의 눈

그날이 멀지 않음을 알 수 있었다
지난주에는 다시 확인하고 싶었다
이렇게 식사 못 하다가 운명해도 좋으냐고
좋다고
그리고 간신히 이어지는 말로 전한다
고맙다고
나도 좋다고 했다
그것이 그녀의 마지막 인사였다

2017 11 28

내 친구 정일우

오늘은 술미공소 예절 마치고 성경 읽기도 마치고 커피 마시며 공소 신자들한테 제의를 했다. 우리 집에 가서 영화 보시자고. 지난주에 보았던 '내 친구 정일우'였다. 지난주 일요일에도 오후에 혼자 보고 나서 동네 문혜영 작가님 부부를 초대해서 또 같이 보았다. 나만 좋았던 것인지 모르겠지만, 여러분들에게 알리고 싶었다. 이런 훌륭한 신부님이 계셨다는 것을 그리고 천주교 신앙, 공동체 의식, 어려운 사람들과 함께하는 마음 등등을 배우고 싶고, 그런 마음이 퍼져나가기를 원했다. 그래서 오늘도 예절 끝나고 제안을 드렸는데 막상 우리 집에 오신 분은 새말 명희 어머니와 갈거리 식구들이었다. 루까 아저씨, 용일, 창기 그리고 상빈이가 왔다. 그래도 좋았다. 루까 아저씨한테 제일 보여주고 싶었다. 갈거리에서 봉사를 오래 하고 계시고 신앙심도 깊으셔서 고마운 마음에 선물로 드리고 싶었다. 갑자기 영화를 보자고 제안을 해서 모든 신자분들이 오기가 어려웠을 것이다. 집에 가서 점심 해야 한다고들 한다. 그래도 우리 집이 갑자기 동네 영화관이 된 느낌이다.

가톨릭병원 호스피스 병동에는 오후에 갔다. 오늘도 농협에 들러 빵을 샀다. 몇 분이 퇴원해서 조금만 사가도 된다. 다음에는 직원들 것도 사 가야겠다는 생각이 들었다. 조금만 더 사면 다 같이 즐겁게 먹을 수 있어서이다.

먼저 신광수 아저씨한테 빵을 드렸다. 아저씨는 여전히 말은 서로 잘 안되지만, 눈치로 또 내 입 모양으로 잘 아신다. 식사 많이 하시고 워커 잡고 운동 많이 하시라고 했다. 옆방 말자 씨한테도 가서 인사를 했다. 내가 물으면 눈짓과 머리로 의사 표시를 하신다. 점점 잘하시는 것 같았다. 처음에는 나하고 관계 형성이 안 되고, 생소해서 표현이 없었는지도 모르겠다. 잘 계시냐, 별일 없으시냐 다음 주에 또 봬요 등등 말을 하고 나왔다.

그리고 길수 씨한테 가서는 이따 보자고 하고, 안종수 할아버지한테 갔다. 할아버지는 여전히 신수가 좋아 보이셨다. 옆 침대 할아버지도 그대로 잘 계셨다. 할아버지는 역시 나를 반갑게 맞아주신다. "잘 계셨어요?" 여쭈면 할아버지는 어디 갔다 오셨냐고 물으신다. 오늘도 부인 얘기와 동네 할머니 얘기를 하신다. 뱀 얘기도 나왔다. 지난주에 직원 선생님들한테 욕안 하기로 약속을 하셨었는데, 선생님들에게 물으니 많이 안하셨다고 한다. 할아버지한테 잘하셨다고 칭찬을 해드렸다. 할아버지는 어떻게 선생님들한테 욕을 하냐고 딴청을 부린다. 이 얘기 저 얘기 하다가 다리를 주물러드리고 관절 운동도 시켜드렸다. 옆 침대 할아버지도 일으켜 드리고 도와드렸다.

길수 씨한테 갔다. 지지난 주보다 더 기운이 없어 보였다. 목소리가 줄어들었다. 안 좋으냐고 물으니 괜찮다고 한다. 얼굴도 더 여위어 보이고 목소리도 작아지고 분명히 안 좋아 보였다. 걱정이 앞섰다. 의자를 가져와 침대 옆에 앉아 책을 읽어드렸다. 오늘은 제6장 '돼지와 후추'를 읽었다. 나도 점점 흥미가 생기고 얘기가 궁금해진다. 그에게 지난주 내가 못 왔는데 내가 기다려졌냐고 물었다. 길수 씨는 "그럼요" 크게 대답한다. 마음속으로 고마웠다. 그가 진정으로 나를 기다리는 것 같았다. 내가 주일마다 꼭 와야겠다는 생각이 들었다. 일이 있어 오전에 못 오면 오후에라도 와야겠다. 오늘도 '똑순이'라고 불렀다. 좋다고 한다. 아마 그에게는 무척 친근한 옛 이름일 것이다. 병원에서 그를 '똑순이'라고 부르는 사람은 나밖에 없다.

길수 씨가 2주 동안 많이 약해져 보여 걱정이 된다. 진짜 목숨이 풍전등화인데 언제 갑자기 그날이 올지 모른다. 몸에 저

마음의 눈

항력이라고는 눈곱만큼도 없다. 지금까지 버티는 것만도 신기할 정도이다. 그랬다. 기운 내라고, 내가 올 때까지 1주일 뒤에 다시 보자고 했다. 나를 기다리며 그래도 더 노력을 하지 않을까. 마음만이라도 말이다. 내 바람이었다. 그래서 나도 나올 때 목소리를 높여서 씩씩하게 말했다. 내가 책을 읽어주면서 라디오를 껐는데 다시 켜줄까 물으니 싫다고 한다. 노래를 좋아해서 하루 종일 노래를 듣고 있으니 조금은 쉬고 싶은 모양이다. 방문을 닫지 말고 열어달라고 한다. 밖이 보고 싶은 모양이다. 눈이 오면 볼 수 있다고 한다. 안종수 할아버지나 말자 씨는 눈이 와도 볼 수가 없었다. 몸을 못 움직이니 창문이 머리 쪽에 있으면 밖을 볼 수가 없다. 바깥세상이 어떻게 지나가는지 계절이 어떻게 바뀌어 가는지 호스피스 병동 사람들은 모른다.

그제부터 속이 안 좋은 것이 계속된다. 설사가 계속 나고, 배가 부글부글 끓는다. 계속 밥에 김치만 먹는다. 내일은 약을 먹어야겠다. 오늘 종규, 미인이가 집사람 생일이라고 저녁을 샀는데 나는 가지 못했다. 파스타 전문점으로 가는 모양이다. 나는 혼자 집에서 김치, 청국장하고 먹었다. 애들이 집사람한테 스웨터도 선물했는데, 아주 잘 어울린다. 집사람은 오늘 행복해 보였다.

2017 12 10

눈높이 대화

일요일 밤.

오늘도 오전에는 갈거리 술미공소 예절을 보고 왔다. 다음 주가 성탄절이다. 흥업 본당 미사 보고 점심 같이하기로 했다.

집사람 차를 타고 남원주농협에 가서 빵을 사고 둔치에 가서 내 차를 타고 가톨릭병원에 갔다. 어제 김진열, 최종덕 교수와 술을 먹느라 차를 둔치에 두고 왔었다.

호스피스 병동에 가면 문 앞에 달린 이름표를 먼저 본다. 혹시 이름이 지워지지는 않았는지 잠시 햇빛이 반사되어 이름이 보이지 않아 가슴이 덜컹 내려앉기도 했다. 길수 씨한테 "안녕하세요?" 인사를 하고 신광수 씨한테 들어가 빵을 드렸다. 오늘은 하나만 드렸다. 집사람과 빵을 하나씩 먹어서 조금밖에

115

드릴 수 없었다. 옆방 말자 씨한테도 "안녕하세요?" 인사를 한다. 말자 씨는 계속 TV만 보고 계신다. 오늘은 웃는 것 같기도 했다. 의사 표시를 고개 끄덕이면서 한다.

안종수 할아버지한테 가니 가족들이 와있었다. 나는 들어가 인사를 했다. 반가워들 한다. 길수 씨한테 먼저 가서 동화책을 읽어드렸다. 그는 기다렸다고 한다. 고맙다고 한다. 그렇게 마르고 기운이 없고 언제 돌아가실지 걱정이 되는데, 꾸준히 생명을 붙잡고 있다. 저항력이나 기력은 전혀 보이지 않는데 말이다. 운동이라고는 전혀 하질 못하고, 식사도 비위관으로 일정량만 섭취하고 있는데 신기할 정도이다. 점심을 비위관으로 드리는 것을 보니 양이 너무 적은 것 같아 물어보니 요새 소화를 잘 시키지 못해서 식사량을 줄였다고 한다. 그래서 더 여위었나 생각이 든다.

오늘은 『이상한 나라의 앨리스』 7장 '정신없는 다과회'를 읽어드렸다. 오늘은 길수 씨가 기운이 없는지 내가 읽는 동안 간혹 잠이 드는 것 같았다. 그래도 잘 듣고 있었다. 얘기가 재미있다고 한다. 그의 집이 흑산도 옆에 있는 작은 섬이라고 한다. 목포에서 6시간 배를 타야 한다고 하니 무척 멀리 떨어져 있는 섬인 모양이다. 지금 어머님 혼자서 살고 계신다고 한다. 오늘은 직원들한테 빵을 하나씩 드렸다. 매번 환자들 것만 사 와서 미안했다.

할아버지한테 가니 가족들이 가고 없었다. 오늘도 다리 주물러드리고, 관절 운동시켜 드리며 얘기를 나누었다. 가족이 바나나 사 온 것을 옆 침대 할아버지한테 드리자고 하니 할아버지는 그러라고 하신다. 할아버지한테 선생님들에게 욕을 하지 않았냐고 물어보니 안 했다고 한다. 요양보호사가 오셔서 물어보니 욕을 진짜 안 하셨다고 한다. 나는 할아버지한테 잘했다고 칭찬해 주면서 악수도 했다. 할아버지는 자신이 욕을 안 하니 사람 되었다고 한다. 역시 치매 환자는 치매 환자와 같은 눈높이에서 대화를 해야 소통이 된다는 것을 느꼈다. 의사나 다른 사람이 일방적으로 얘기를 했으면 거부하였을지도 모른다. 같은 눈높이에서 대화를 해야 잘 통하고 이해도 되고 약속도 지킬 수 있다고 본다. 치매 환자가 아닌 일반인들 사이의 소통에서도 눈높이 대화는 중요하다. 식사 시간이 되어 식사가 들어왔다. 식사하는 것을 조금 지켜보다가 도와드리고 나왔다. 할아버지는 식사를 아주 잘 드셨다. 밥이 한 그릇 가득했다. 밥이 적으면 할아버지가 "밥이 이게 뭐냐"고 하시면 더 준다고 한다. 반찬도 싹 다 드신다고 한다. 반찬은 드시기 편하게 갈아져 있다. 옆 침대 할아버지는 밥과 반찬을 같이 갈아서 죽같이 해서 왔고 간장만 조금 같이 나왔다.

준비실에서 요양보호사가 타 주는 커피도 먹고 빵도 한 쪽 먹고 나왔다. 나오는데 백이부라는 침대 이름표가 있어 환자를 자세히 보니 부부의원 단골 환자이셨던 분이다. 가서 인사를 하고 알아보냐고 물으니 잘 몰라보셨다. 혹시 부끄러워서 아는 체하지 않는지도 모르겠다. 백이부 씨는 중앙시장에서 정육점을 하셨던 분이다. 실버요양원에 계신데 잠시 입원해 있는 것이고 내일 퇴원한다고 한다.

2017 12 17

큰 선물

일요일 밤.

2017년 정유년 마지막 날이다. 이제 곧 새로운 무술년이 시작된다. 지금 내방 오디오에서는 모차르트 음악이 크게 들려온다. 벼루에 먹물을 조금 붓고 '온유 겸손, 인내 용서'를 써 봤다. 해를 넘기며 뭔가 쓰고 싶었다. 아침에 공소 주일 예절을 보고, 집사람과 치악예술관에 가서 채묵회 전시를 보고 왔다.

나는 빵을 사가지고 가톨릭병원에 갔다. 지난주에는 못 갔다. 매주 가는 것이 쉽지 않다. 모두 나의 게으름 탓이다.

3층 신광수 씨한테 빵 한 봉지를 주고 안종수 할아버지에게 갔다. 오늘은 모든 병실이 거의 꽉 찬 것 같다. 할아버지는 나를 보자 반가워하셨다. 옆 침대 할아버지도 잘 계셨고 나를 알아보셨다. 오늘은 안종수 할아버지께서 작은 아들이 착하다고 하신다. 그리고 운동을 빨리해서 마누라한테 가야 한다고 하신다. 다리 운동을 시켜드리니까 빨리 부인한테 가고 싶은 마음에 내가 가면 좋으신가 보다. 다리를 주물러드리고 관절 운동도 시켜 드렸다. 조금 있으니 점심이 왔다. 할아버지는 밥부터 큰 숟가락으로 입안 가득 넣으며 드셨다. 그리고 반찬도 남김없이 다 드셨다. 밥을 드시며 약을 꺼내신다. 가루약을 된장국과 밥그릇 뚜껑에 섞어서 드셨다. 오늘은 식사를 다 하실 때까지 옆에 있다가 나왔다. 옆 침대 할아버지는 밥과 반찬을 같이 갈아서 죽같이 해온 밥을 드셨다. 할아버지 인지능력은 좋아 보였다. 빵을 한 봉지씩 드리고 이따가 드시라고 하고 나왔다.

길수 씨 방에 가니 두 분이 새로 들어와 계셨다. 불명열, 치매 등을 앓고 계시는 분들이었다. 길수 씨는 에이즈인데 에이즈가 아닌 어르신들이 같은 방에 계셨다. 남자 병실이 없는 모양이었다. 옆방에서 의자를 가지고 와서 앉았다. 할아버지들한테 동화책을 읽어드릴 텐데 괜찮으시냐고 먼저 물었다. 다들 좋다고 하신다. 길수 씨가 오늘은 방에 다른 사람들이 들어와 더 생기가 있어 보였다. 목소리도 전보다 컸다. 크다고 해 봐야 전에 비해서 조금 커졌다는 말이다. 그가 나를 보자 보고 싶었다고 한다. 『이상한 나라의 앨리스』를 지난주에 이어서 읽어드렸다. 한 챕터 읽는데 30분 정도 걸린다. 거의 다 읽어가는데 간호사들이 옆 침대 어르신들 케어하러 들어왔다. 한 분 한 분 기저귀를 갈아드린다.

책 읽기를 마무리하고 길수 씨한테 오늘이 올 한 해 마지막 날인데 금년에 제일 좋았던 일이 뭐냐고 물었다. 내가 와서 책을 읽어주는 것이 제일 좋았다고 한다. 다음 좋은 일을 물어보니 살아있는 것이 좋다고, 또 물어보니 나를 알게 된 것이 좋았다고 한다. 그는 내 눈을 똑바로 보고 말했다. 전혀 거짓이 개입할 여지는 없어 보였다. 하루하루 풍전등화 같은 너무나도 약한 삶을 살아가고 있는 사람의 진정성이 가득한 눈빛이었다. 고마움이 가득해 보였다. 나는 순간 잠시 와서 책을 읽어주는 것뿐인데 이분한테는 이렇게도 큰 즐거움이었다는데 놀랐다. 그만큼 이분은 심한 외로움 속에서 지내왔음을 알 수 있었다. 대화 상대가 없었다. 관심 가지고 대해주는 사람이 없었다. 아동용 쉬운 동화를 읽어주고 서로 인생에 대한 이야기를 묻고 나누었는데, 그리고 삶과 죽음에 대해서도 가끔 아는 대로 말해주었는데, 이분한테는 이것이 큰 위로가 되었구나 생각이 들었다. 그에게 "나도 즐거웠고 고마웠어요" 말했다. 그리고 "다음 주 꼭 올게요", "건강히 다음 주에 봬요", "기운 내세요" 말하고 문을 나왔다. 옆 침대 어르신들에게도 인사하는 것을 빠뜨리지 않았다.

집에 돌아오는 길에, 아 이것이 올해 나한테 제일 큰 선물이
구나 생각이 들었다. 점심은 동화반점에 가서 자장면 곱빼기
를 먹으려고 했는데 집사람에게 전화가 왔다. 집에 와서 먹으
라고 떡국 끓여주겠다고. 아마 금년 마지막 날 내가 중국집에
서 혼자 먹는 것이 안쓰러워 보였나 보다.

2017 12 31

이렇게 슬픈 경우

오후에 가톨릭병원 호스피스 병동에 다녀왔다. 신광수 씨께 빵 한 봉지 드리고 말자 씨한테 인사하고 안종수 할아버지께 갔다. 역시 할아버지는 나를 반겨 주셨다. 좋아 보이셨다. 옆 침대 할아버지는 다른 요양원 가시고 안 계셨다. 나는 비닐 글로브를 끼고 다리 주물러드리고 다리 관절 운동시켜드렸다. 할아버지는 며칠 전에 나가서 점심 먹고 왔다고 한다. 무슨 음식 드셨냐고 물으니 기억을 못 하신다. 밖에 나갈 수가 없는데 할아버지는 계속 꿈속에 살고 계신다. 나도 할아버지한테 맞춰드린다. 음식이 맛있었냐고 묻기도 한다. 가지고 간 빵을 하나씩 먹으며 얘기를 나누었다. 부인이 오시면 고맙다 이쁘다고 말씀하라고 알려드렸다. 연습도 해봤다. 진짜 부인 오면 이

마음의 눈

런 말씀을 하실지 궁금하다. 욕하지 않기로 한 약속은 아주 잘 지키고 계셨다.

길수 씨한테 간다. 먼저 문 앞에 있는 이름표에 이름이 없을까 봐 항상 들어갈 때마다 두근두근한다. 처음에 한 방에 세 분이 계시다가 한 분 한 분 돌아가고 혼자 남았으니, 방문 오는 나도 초조한데 본인은 얼마나 마음 졸이겠는가? 오늘은 새로 산 『이상한 나라의 앨리스』 책을 가지고 갔다. 중천철학도서관에서 책을 빌리고 제 때에 반환을 하지 않아서 미안하고, 몇 주일 늦게 가져다주면 다시 빌릴 수가 없어서 새로 샀다. 오늘은 10장 '바닷가재 춤'을 읽어드렸다. 그는 내가 읽는 것을 다 들으려고 귀를 쫑긋하고 신경을 바짝 쓰고 듣는 것 같다. 하기야 내가 와서 책 읽어주는 것이 작년에 제일 좋았던 일이라고 하니 오죽하겠는가. 오늘도 나에게 고맙다고 하고 기다렸다고 한다. 다 읽어드리고 앞으로 3주간 못 온다고 했다. 여행을 간다고. 그는 잘 다녀오시라고 한다.

사진도 찍었다. 길수 씨한테 혹시 내가 그에 관해 일기 쓴 것을 책으로 낼지 모른다고 했다. 그래서 사진을 찍어도 되겠냐고 물었더니 좋다고 한다. 사진 찍으며 웃으라고 하니 웃을 수가 없다고 한다. 얼굴에 웃는 근육조차도 없어졌다. 나오면서 방 입구에 있는 이름표도 찍고 복도도 찍어두었다. 내가 쓴 일기를 가지고 호스피스에 관한 책을 낼지도 모른다. 길수 씨가 돌아가시게 되면 책을 내야겠다. 주로 그에 관한 얘기가 될 것이다. 너무 슬픈 이야기 아닌가. 그리고 아름다운 이야기가 될 수도 있다. 우리 사회에 이렇게 슬픈 경우도 있음을 알리고 싶다.

2018 1 14

마음의 눈

어머님과 함께 보낸
행복한 오후

일요일 밤.

점심에는 인터불고호텔 '동보성' 중국 식당에서 점심을 했다. 내 생일모임이었다. 지난 수요일이었는데 어머님 모시고 오늘 식사를 했다. 종규 부부는 나한테 웃옷을 사주었고, 준규는 베토벤 음악 CD를 선물했다. 그리고 순규는 허리 벨트와 모자를 사 왔고 삼이네는 화장품을 사가지고 왔다. 선물이 너무 많다. 그리고 집사람은 카메라를 사준다고 해서 적당한 것을 고르고 있다. 여행 다니면서 카메라가 너무 크고 무겁다는 것을 알고 전부터 작고 가벼운 것을 사준다고 했었다. 오늘 어머님께서 식사를 잘 드셔서 좋았다. 요새 특히 식사량이 줄었다고 걱정했는데 잘 드셨다. 음식이 조금씩 나오고 다 드시면 또 나오는 것이 좋으시다고 한다. 식사를 하고 집에 와서 집사람이 인도 여행에서 가져온 짜이 차를 타 드렸다.

오전에 술미공소에서 주일 예절을 봤다. 루까 아저씨가 갑자기 돌아가셔서 내가 총무 일을 보겠다고 했다. 정 회장님이 좋아하셨다. 걱정이었다고 하신다. 오늘은 성경 읽기 대신에 루까 아저씨를 위한 연도를 드렸다.

오랜만에 가톨릭병원 호스피스 병동에 갔다. 한 달이 넘은 것 같다. 사실 길수 씨가 살아있는지 걱정이 많이 되었다. 궁금하였다. 진짜 풍전등화, 언제 작은 질병이라도 생겨서 돌아갈지 모르는 상태여서 여행 다녀온 후, 궁금하고 걱정이 되었다. 오늘도 역시 남원주농협에서 빵을 사가지고 갔다. 먼저 3층에 올라가 길수 씨 방 앞 이름표를 보니 이름이 지워지지 않았다. 얼마나 반가운지 몰랐다. 들어가 인사를 했다. 그는 반가워서 잘 움직이지도 못하는 손을 내민다. 나는 덥석 잡지는 못했다. 글로브도 끼지 않고서 손을 잡기가 꺼려졌다. 그는 반갑다고 한다. 한 달 전과 건강 상태 변화가 없어 보였다. 참 다행이었다. 말도 하고 나도 알아보고. 한 달이 되었다고 하니 날짜 가는 것을 모른다고 한다. 여행 다녀와서 그가 살아있을까가 제일 궁금했었다.

옆방에 있던 말자 씨가 길수 씨 방으로 와있었다. 병실이 넓어서 둘이 있기에도 충분했다. 에이즈 남녀 환자 둘이 한 병실에 있다. 길수 씨한데『이상한 나라의 앨리스』11장을 읽어주었다. 읽다 보면 외국의 동화라서 환경이 우리나라와 다른 것들이 있어 이해하는 데 어려움이 있을 것 같았다. 더욱이 이 책은 주인공의 몸이 커지기도 하고 작아지기도 하고, 그리고 앨리스만 사람이고 모두 동물들이 사람 대역이 되어 나온다. 오늘은 법정에서 재판받는 모습인데 여러 동물 배심원들이 나오고 토끼 모자 장수도 나왔다. 다음 주면 이 책이 끝이 난다. 벌써 3권인가 4권째 책이 되는 것 같다.

신광수 씨한테 빵을 드렸다. 여전히 잘 계셨다. 식사하신 그릇을 보니 모두 싹씩 비어 있었다. 식사를 잘한다는 것을 알 수 있다.

안종수 할아버지도 여전히 건강하셨다. 다리를 주물러드리고 관절 운동도 시켜드렸다. 할아버지는 나를 보고 반가워하셨다. 내가 오랜만에 온 것을 모르시는 것 같았다. 아드님이나 부인이 오지 않았다고 한다. 그리고 오늘은 호랑이를 잡았다는 얘기를 하시며 호랑이고기가 맛있다고 하신다. 나 주려고 호랑이고기를 남겨놨다고까지 하신다. 다리는 마비되어 여전히 움직이지 못하고 점점 굳어가는 것 같았다. 누군가 관절 운동을 계속해 주면 좋을 것 같다는 생각이 든다. 가지고 간 빵을 반씩 쪼개서 나눠 먹었다. 하나는 남겨놓아 나중에 드시라고 했다. 주먹 쥐기 운동도 30번씩 두 번 하고 박수도 치고

"충성" 거수경례도 하고 헤어졌다.

집에 와서 침대에 누웠다. 점심에 고량주 몇 잔 먹은 것이 조금 힘들게 한다. 이제 고량주는 피해야 할 것 같다. 맥주나 조금씩 먹어야겠다. 술이 몸에 받지 않는 것 같았다.

2018 2 25

여행

월요일 아침 진료실.

어제 일기를 못 써서 지금 쓴다. 어제는 일요일인데 술미공소 주일 예절은 없었다. 첫 주 토요일 신부님이 오셔서 미사가 있는 주일은 다음날 공소예절은 보지 않기로 했었다. 토요일 미사 보고 일요일 예절 보는 것이 중복된다. 신부님께서도 볼 필요는 없다고 하셨다.

그리고 어제 귀래에 있는 천주교 공원묘지에도 가보았다. 집사람 부모님과 할머니를 괴산에서 이곳으로 옮기려 한다. 입구 진입로가 아직 올라가기 쉽지 않지만, 공원은 양지바른 곳에 잘 가꿔져 있었다. 언니들한테 연락해서 옮기자고 했다.

어제는 일요일, 호스피스 병동에 다녀왔다. 지난주에 이어 여행 다녀와서 두 번째였다. 길수 씨하고 말자 씨가 한 방에 계속 있었다. 그는 여전히 건강을 그런대로 유지하고 있어 다행이었다. 어제도 『이상한 나라의 앨리스』를 읽어주었다. 어제 책이 다 끝났다. 다음 주에는 새로운 책을 골라야 한다. 그는 아무 책이나 좋다고 한다. 앨리스를 몇 달에 걸쳐 읽으면서 나도 흥미로웠지만 길수 씨도 무척 흥미를 가지고 있는 것 같았다. 내가 책 읽기가 서투르고 목소리도 좋지 않은데 그는 정신을 집중해서 들어주었다. 그리고 그 내용을 따라와 주었다. 고마운 일이다. 책 읽는 나보다 듣는 사람이 더 힘들어 보인다. 옆에 있는 말자 씨도 눈을 감았다 떴다 하며 같이 듣겠지. 다른 방에 있을 때 책 읽어드리겠다고 했더니 거부하셨었는데, 지금은 방을 같이 쓰니 하는 수 없이 듣게 된다. 다음 책은 무엇으로 할까 생각 중이다.

어제까지 인도여행 일기(기행문) 정리가 끝이 났다. 이번 주 안에 제본하려고 한다. 글 정리하면서 사진도 다시 보고 여행하면서 썼던 글을 다시 읽어보며 여행의 진미를 느낀다. 여행을 다시 하는 것 같다. 긴 여행이 된다. 여행 가기 전에 몇 개월 동안 여행 갈 나라의 역사, 문학 등 관련 책들을 보고 또 다녀와서 사진과 글을 정리하면서 다시 리뷰하게 되니 여행을 다시 하게 되고 더 깊이 하게 되는 것 같다.

2018 3 5

어린왕자

이제는 총무로서 공소 일을 봐야 하므로 조금 일찍 나가야 했다. 8시에 나가서 신촌 명희네 먼저 가고, 검산 심 데레사 자매님 댁에 가고, 술미에 가서 서 마리아, 김 말따 자매님들 모시고 온다. 술미 올라가는 길이 좁아서 조심스럽다. 겨울이 걱정이 된다. 그래서 술미 어르신들한테 겨울 미끄러운 날은 올라가기 어려울 것 같다고 예절 끝나고 말씀드렸다. 대수리 박바오로님은 회장님께서 모시고 오셨다. 공소예절에 신자분들 모시고 오고 가고 해야 하고 공소 일을 맡아서 해야 한다. 공소봉사자가 되었다. 나는 좋다. 즐겁다. 2주 동안 성서 읽기를 못 했다. 한번은 루까 아저씨 연도를 드렸고 지난주에는 신부님 미사가 있어 예절이 없었다.

예절 마치고 중천철학도서관에 가서 『어린 왕자』를 빌렸다. 호스피스 병동 길수 씨한테 읽어줄 책이다. 농협에 가서 옥수수빵을 샀다. 매번 사던 빵과 다른 빵을 사보았다. 신광수, 안종수 할아버지가 좋아하실 것 같았다. 옛날 먹어보던 빵이고 또 부드러워서 좋을 것 같았다. 역시 안종수 할아버지는 이 빵을 좋아하신다. 신광수 씨에게는 하나를 더 드렸다. 할아버지하고 같이 빵도 먹으며 다리를 주물러드렸다. 관절 운동도 해드리고 '멘소래담'을 발라달라고 하셔서 다리, 팔, 목에 발라 드렸다. 멘소래담 발라 드리는 것은 내겐 처음인데 할아버지가 좋아하시니 갈 때마다 발라 드려야겠다. TV에서 진품명품을 하여 같이 봤다. 옆 침대에는 다른 분이 들어오셨다. 「사랑의 집」에 계신 분이었다. 그리고 전에 계셨던 분은 중환자실로 옮기셨다.

길수 씨한테 갔다. 옆방에서 의자를 가져오고 마스크도 쓴다. 새로운 책을 읽어드렸다. 벌써 서너 권째가 된다. 그는 책 읽기를 좋아한다. 우선 사람이 방문하는 것 자체를 좋아하는 것 같다. 방문자가 전혀 없고 나뿐이니 좋아하지 않을 수 없다. 내가 오기를 기다리는 것 같았다. 말자 씨는 책 읽기를 싫어한다고 한다. 그래도 같이 듣겠다고는 한다. 한 방에 있으니 같이 들을 수밖에 없다. 『어린 왕자』를 읽다 보니 전에 읽었던 『이상한 나라의 앨리스』보다 더 편하고 흥미로울 것 같았다.

마음의 눈

그는 오늘 읽은 것이 무슨 내용인지 모르겠다고 한다. 며칠 더 읽으면 알게 될 것이라고 했다. 40분 정도 읽어주고 인사를 하고 나온다. 그는 서운하다고 한다. 헤어져야 만남이 있지 않냐고 하면서 1주일 잘 건강하게 있고 다시 보자고 인사를 한다. 말자 씨한테도 인사를 하고 병실을 나온다.

2018 3 11

마음의 눈

할머니
어디 편찮으신 데 없으세요
눈 불편한 거 말고는 없어요
건강하신 거예요
눈은 마음으로 보면 돼요
제가 보이시죠

시각장애 할머니는
눈물을 흘리시며
내 손을 잡고 놓지 않았다

2018 3 16

귀신 씨나락 까먹는 소리

호스피스 병동에 다녀왔다. 매번 똑같은 일이 반복된다. 우선 사 온 빵은 신광수 씨한테 두 개 드리고, 안종수 할아버지한테 가서 빵 하나씩 드리고 나도 하나 먹는다. 다리 주물러드리고 관절 운동시켜 드렸다. 할아버지는 나를 보면 무척 반가워하신다. 그곳 선생님들도 할아버지가 나를 제일 찾으신다고한다. 치매 할아버지께서 기억력도 없으신데 나를 기억하고 기다리신다. 내가 할아버지하고 대화가 되고 할아버지한테 친절히 원하시는 것을 해드려서 그럴 것이다. 그리고 엉뚱한 말씀을 많이 하신다. 빨리 걸어서 집에 가야 한다는 둥, 사냥 간다는 둥, 호랑이 뱀 등 얘기를 많이 하신다. 모두 현실성이 전혀없는 얘기다. 그래서 사람들이 보통 대꾸를 잘 안 해주는데,

나는 할아버지의 그런 엉뚱한 얘기를 받아주고 같이 맞장구를 쳐 드린다. 그러니까 서로 엉뚱한 얘기를 주고받고 있다. 다른 사람들이 들으면 귀신 씨나락 까먹는 얘기라고 할 것이다. 그러나 할아버지하고 나에게는 진지한 대화이다. 그래서 할아버지는 즐거워하시고 다른 사람보다 나를 더 신임하게 된다. 치매 어르신을 대할 때는 어르신 인지능력에 맞추어서 대해드려야 할 것 같다. 안 그러면 대화가 되지 않으니까.

길수 씨한테 간다. 항상 방에 들어가기 전에 입구에 붙은 이름표를 확인한다. 그도 나를 보면 반가워한다. 말자 씨도 나한테 인사로 눈을 껌뻑한다. 그것이 인사이다. 길수 씨는 그래도 조금 작은 소리로 인사말을 한다. 내가 "잘 계셨어요?" 하면 "네" 대답한다. 오늘도 지난주에 이어 『어린 왕자』를 읽어주었다. 5장에서 8장까지 30~40분 걸린다. 길수 씨도 어린 왕자 내용에 관심이 가는 모양이다. 책에 있는 그림도 여러 번 보여준다. 내가 책을 읽을 때 그의 눈동자는 빛이 난다고 할까 또렷또렷해진다. 천천히 읽는 내 목소리를 뚜렷이 다 들으려는 모습이다. 책 읽기에 잘 따라오는 모습이다. 벌써 1년이 넘어가니 이제 책 읽기에 이해도 되고, 따라오고 관심도 가질 때가 되었다. 참 용하다. 그리고 고맙다. 풍전등화 같은 몸 상태를 가지고 몇 년을 지탱해 오고 또 책 읽기에 관심 가져주고 따라오며 건강을 유지하는 것이 말이다. 항상 매번 오면서 불안했다. 오늘도 길수 씨가 있겠지. 언제 갑자기 이름표에서 없어지는 날이 올 것이 두렵다. 그렇지만 지금 간신히 건강을 유지해 주는 것이 고마운 것이다. 그래서 병실을 나올 때 고맙다고 한다. 살아줘서 말이다. 다음 주 또 건강히 보자고, 1주일 잘 건강을 지키라고 한다. 라디오를 다시 켜 주고 나온다.

2018 3 18

인사

 오늘도 술미공소 예절을 봤다. 내가 신촌, 검산, 술미 신자분들을 태워 간다. 대수리 신자는 회장님과 같이 내려오신다. 오늘은 예절도 보고 성경 읽기도 하고 차 마시며, 흥업성당 연령회 입회 신청을 받았다. 열다섯 분이 가입했고 입회비 18만 원이 모였다.

 오전에 가톨릭병원 호스피스 병동에 갔다. 도서관에 가서 책 대출 연장을 하고 농협에 가서 빵도 샀다. 역시 신광수 씨한테 빵을 드리고 안종수 할아버지에게 가서 빵 드리고 다리 주물러드리고 운동시켜 드리고 말동무했다. 병실에 가자 간호사가 할아버지가 곽 선생님 안 오시냐고 묻더라고 한다. 옆 침대에 계셨던 분은 퇴원하시고 안 계셨다. 할아버지가 오늘은 셋째 부인 얘기를 꺼내신다. 셋째 부인이 예뻤다고 하며 도망갔다고 한다. 셋째 부인 얘기는 처음이었다. 할머니가 민순덕이라고 만 알았는데, 오늘은 큰 부인이 민분기 그리고 셋째 부인 얘기 도 나왔다. 큰 부인과 둘째 부인은 뚱뚱했고 셋째 부인은 날씬하고 이뻤다고 한다. 그리고 보고 싶으신 모양이다. 자신은 부인들에게 손찌검은 하지 않았다고 한다. 아버지께서 부인에게 손찌검하면 안 된다고 하셨단다. 그리고 호랑이 잡은 얘기를 하시며 2마리 잡았고 동네 친구는 5마리 잡았다고 한다. 호랑이고기가 맛있냐고 물으니 아주 맛있다고, 총으로 잡았냐고 물으니 올무로 잡았다고 하신다. 진짜 옛날에 호랑이를 보시기나 한 것인지 자주 호랑이 얘기를 꺼내신다. 그리고 실제 사냥도 해보셨는지 궁금하다. 또 젊어서 잠시 사귀었던 여자를 셋째 부인이라고 하는 것은 아닌지도 모르겠다.

길수 씨한테 갔다. 같은 방에 환자가 한 분 더 들어와 있었다. 여자분이고 같은 에이즈 환자라고 한다. 계속 잠만 자고 있었다. 길수 씨는 인사만 하고 말이 없었다. 오늘 왜 기분이 안 좋으냐고 물으니 괜찮다고 한다. 그러나 잘 웃지는 않으셨다. 『어린 왕자』 9장에서 12장까지 읽어줬다. 천천히 읽었다. 알아듣기가 힘들 것 같았다. 자주 책을 펴 보이며 그림도 보여주었다. 그리고 중요한 곳에선 다시 설명하기도 했다. 어디서는 왕이 심판하는 부분이 있는데, 다른 사람을 심판하는 것보다 자기 자신을 심판하는 것이 훨씬 더 어렵다는 것에서는 다시 설명도 하고 같이 공감도 했다. 길수 씨도 맞다고 한다. 이 책은 동화이지만 가끔 어려운 뜻이 쉽게 풀어서 들어있었다. 그래서 더 좋다. 그도 그래서 더 좋아하는 것 같았다. 그냥 단순한 아이들만을 위한 이야기가 아니었다. 그래서 점점 흥미가 있어진다.

40분 정도 시간이 흘렀다. 그는 계속 기침을 하고 가래를 삼켰다. 그래도 그가 가래를 뱉고 삼킬 수 있어 다행이라는 생각이 든다. 가래를 뱉지 못하고 그냥 두면 폐에 염증을 일으키던지 뭔가 문제가 발생할 수가 있기 때문이다. 오늘은 생일을 물어봤다. 8월 3일이라고 한다. 내가 선물을 사 오겠다고 했다. 길수 씨가 먹지 못해서 어떡하냐고 하니 눈으로 먹고 배부르다고 한다. 뭔가 간단한 선물을 사 와야겠다. 그리고 우선 봄이 되어 화초를 하나 다음 주에 사 오기로 했다. 다음 주까지 잘 있으라고 인사하고 나왔다. 말자 씨와 새로 오신 분은 계속 잠들어 있었다.

2018 3 25

부활

오늘은 어제 술미공소에서 부활절 미사가 있었기 때문에 공소 주일 예절이 없었다.

아침 11시 못 되어 가톨릭병원에 갔다. 먼저 길수 씨 방에 가서 잘 계신지 들러 확인하고, 조금 뒤에 다시 오겠다고 하고 나온다. 그리고 옆방 신광수 씨에게 빵을 드리고 안종수 할아버지에게 간다. 역시 할아버지는 여전하셨다. 나를 반가워하신다. 내가 오면 왜 좋으시냐고 물었다. 할아버지는 내가 다리 운동을 시켜주기 때문에 좋다고, 나 말고는 다리 운동시켜 주는 사람이 없다고 한다. 빨리 운동해서 집에 가야 한다고 하신다. 요양보호사가 옆에서 본인이 혼자서도 운동하셔야 하는데 안 하신다고 한다. 오늘은 오리 잡으러 간다는 말씀을 하셨다.

오리를 잡아서 나한테 피를 주겠다고 하신다. 요양보호사도 마음에 드는 사람한테만 주겠다고 하신다. 나한테 애인이 있냐고 물으신다. 없다고 했다. 할아버지는 있냐고 물으니 마누라가 둘씩이나 있는데 뭐가 필요하냐고 하신다. 옆자리에는 실버 요양원에서 온 할아버지가 계셨다. 85세인데 정신이 말짱하셨다. 병실에서 나올 때 옆 침대 할아버지도 같이 주먹 쥐기 운동을 했다.

길수 씨한테 갔다. 오늘도 『어린 왕자』를 읽어주었다. 그는 나한테 고맙다고, 책이 재미있다고 한다. 나도 재미있어진다고 했다. 어린 왕자는 무척 유명한 책이라고 했다. 병실의 다른 사람들은 자고 있었다. 새로 오신 옆 침대 최 씨 아주머니는 기관지관을 하고 있었는데 책 읽는 동안 가래가 많이 끓었다. 오늘 책의 내용 중 어린 왕자가 여러 별 여행을 다니는데, 어느 별에는 왕이 있고, 어느 별에는 허영심이 많은 사람이 있고, 어느 별에는 사업가가 있고, 또 어느 별에는 가로등 켜고 끄는 사람이 있는 다양한 사람이 살고 있는 별들이 있다. 쉬우면서 깊은 뜻이 있었다. 책 선정을 잘했다는 생각이 들었다. 길수 씨한테 이제 봄이 왔다고 하고 밖에는 꽃이 많이 피었다고 했다. 병실에서는 밖이 잘 보이지 않았다. 다음에 꽃을 사 오겠다고 했다. 그리고 오늘이 부활절인데 축하한다고, 다시 착한 마음을 먹고 회개하면 새로운 사람으로 부활하는 것이라고 했다. 그는 동의하는 것 같았다. 길수 씨 목소리가 점점 커진다고 했다. 진짜 더 커지고 말도 많아지고 좋아지는 것을 느낄 수 있었다. 좋은 현상이었다.

집에 가서 집사람 데리고 태장 '동화반점'에 가서 탕수육하고 자장면을 먹었다. 갑자기 동화반점 자장면이 먹고 싶었다. 저녁에는 인터불고호텔 헬스장에 가서 걷고 기구 운동하고 수영도 했다. 1시간 반 정도 한 것 같다. 집사람이 내후년에 터키로 해서 그리스에 다녀오자고 한다. 먼 여행을 하려면 체력을 잘 유지해야 한다고 돌아오는 차 안에서 말했다.

2018 4 1

144

개나리도 피었는데
눈이 왔다

일요일 밤.

오늘은 어제 공소 미사가 있었기 때문에 공소예절이 없었다. 일어나 보니 오전 10시였다. 모처럼 실컷 잔 것 같다. 피곤한 것도 아닌데 늦잠을 잤다. 공소에 가지 않아서 다행이었다. 아침은 애들이 어젯밤에 먹고 남긴 피자 한 조각과 과일을 먹었다.

11시 넘어서 중천철학도서관에 가서 『어린 왕자』 대출을 연장하고 농협에 가서 빵도 사고 호스피스 병동으로 갔다. 오늘은 집사람 전시회에서 가져온 작은 꽃 하나도 가지고 갔다. 길수 씨 방에 놓고 신광수 씨 방에 가서 빵 한 봉지 드리고 안종수 할아버지한테 갔다. 할아버지가 지금 똥을 눈다고 하셔서 길수 씨한테 먼저 가서 책을 읽어드렸다. 오늘도 『어린 왕자』 16~21장을 읽었다. 그는 매일 여전한 컨디션을 가지고 있었다. 말자 씨도 여전하다. 눈인사만 한다. 옆자리 새로 오신 순례 씨는 잠만 자고 있고, 기관지관을 하고 있는데 가래가 심하게 끓는다.

오늘 『어린 왕자』에서는 좋은 것은 눈으로 볼 수 없다고 한다. 그리고 길들여진다는 말은 관계를 만든다는 것이고 좋은 관계는 시간이 걸리고 그 긴 시간이 보이지 않는다는 것이다. 어린이를 위한 동화에서 간혹 중요한 말씀을 발견한다. 중요한 것은 눈으로 볼 수 없다는 것. 길수 씨도 공감했다.

다시 안종수 할아버지한테 가니 식사를 다 하시고 양치질을 하고 계셨는데, 다시 또 똥이 나온다고 한다. 아무래도 오늘은 가야겠다는 생각이 들었다. 인사하고 빵만 드리고 다음 주 다시 온다고 하고 나왔다. 나오면서 2층에 들러 집사람 친구인 혜숙 씨 방에 잠깐 들렀다. 무릎 수술을 받고 왔는데 경과가 무척 좋았다.

저녁은 종규네하고 '만웅곰탕'에서 먹었다. 운동도 조금 하고 왔다. 집사람은 내일 온다. 제주도에서 전화가 왔다. 형부가 회 사준다고. 어제오늘 날씨가 쌀쌀하다. 아침에는 눈도 왔다. 벚꽃이 만발했는데, 개나리도 피었는데 눈이 왔다.

2018 4 8

4부

슬퍼할 건 없어
낡은 껍데기를 버린다고

술미공소

일요일 밤.

오늘도 아침에는 술미공소 주일 예절이 있었다. 나는 차를 조금 더 일찍 가지고 나와 새말(신촌)에서 박 로사 님, 검산에서 심 데레사 님, 술미에서는 서 마리아, 김 말따 님을 모시고 공소에 간다. 예절은 정문선 회장님이 이끄신다. 이제 회장님께서 많이 연로하셔서 힘들어 보이신다. 그래도 책임감을 가지고 잘 이끄려고 노력하신다. 루까 아저씨가 돌아가시고 내가 총무를 보고 있지만, 회장님이 모두 이끌고 계신다. 예절 끝나고 성경 읽기도 했다. 우찬, 미성 씨도 같이 읽었는데, 모두 읽는 것이 많이 늘었다. 조금만 더하면 예절 때 기도(독서)도 할 수 있을 것 같다.

오늘도 가톨릭병원 호스피스 병동에 간다. 도서관에 가서 책 대출 연장하고 농협에서 빵도 사가지고 간다. 오늘은 조금 부드러운 다른 종류의 빵을 샀다. 가면서 생각이 든다. 길수 씨가 돌아가시게 되면 책 읽기 할 분이 없어지는데 어떻게 하나? 바로 다른 분을 알아봐서 읽어드리든지 아니면 조금 쉬든지 하는 생각이 들었다. 만일 그가 돌아가시게 되면 일단은 좀 쉬고 싶다. 그동안 길수 씨와 정이 들어 바로 다른 분에게 읽어드리기는 좀 어려울 것 같다. 쉬는 시간이 필요할 것 같다.

3층에 올라가 길수 씨한테 인사를 하고(지난주 못 와서 미안하다고) 신광수 씨한테 가서 빵 3개를 드리고 안종수 할아버지한테 갔다. 할아버지는 오늘도 오리 잡는 말씀만 하신다. 잡아서 나한테 한 마리 준다고. 옆 침대 할아버지는 보이지 않는다. 어디로 가셨는지 알아보려 하지도 않는다. 이곳에서 돌아가셨든지 아니면 다른 병원으로 가셨을 것이다. 다른 병원에 가셔도 곧 돌아가시는 경우가 많다. 오늘도 할아버지 다리를 주물러 드렸다. TV에서 진품명품을 한다. 빵도 같이 하나씩 먹었다. 하나는 탁자 위에 놓고 오후에 드시라고 했다. 할아버지는 서랍 안에 넣어달라고 하신다.

길수 씨는 비위관으로 식사 중이었다. 11시 반이 조금 넘었다. 말자 씨도 눈을 뜨고 있었다. 옆에 새로 오신 최 아무개 씨는 계속 주무시고 계신다. 오늘도 『어린 왕자』를 읽었다. 22

장부터 25장까지. 40분 정도 걸린다. 많이 읽지 않는 것이 좋을 것 같다. 지루할 것 같았다. 조금씩 꾸준히 읽어드리는 것이 좋다고 본다. 오늘은 사막에서 우물을 찾아다니는 내용이었다. 책 내용 중에 '아름답게 해주는 것은 보이지 않는다'는 것이 있는데 길수 씨와 한참 이에 대해 얘기를 나누었다. 서로 공감하는 내용이었다. 길수 씨한테 야윈 얼굴, 못 움직이는 것은 보이지만, 착한 마음 같은 것은 보이지 않는다고 했다. 중요한 것은 보이지 않는다고. 그리고 내용 중에 '정원 안에 장미꽃 5,000송이를 키우면서도 자기들이 찾고 있는 장미꽃 한 송이를 거리에서 발견하지 못해'라는 구절이 있다. 실지 가지고 있는데도 알고 있지 못한 것이다. 길수 씨와 말자 씨한테 얘기를 해주면서 그렇지 않냐고 묻기도 하고 서로 공감했다. 길수 씨는 큰 소리로 반응을 보였다. 다음 주까지 건강히 잘 있으라고 인사를 하고 나왔다.

집에 와서 종규 부부와 나가서 막국수로 점심을 먹었다.

2018 4 22

어버이날

지난주는 의사 연수 교육에 가느라 가톨릭병원에 가지 못했다. 공소예절도 못 봤다.

오늘은 어제 신부님 미사가 있어서 공소예절이 없다. 오전에 도서관에 가서 『어린 왕자』 대출 연장하고 농협에 가서 빵 사고 가톨릭병원 호스피스 병동에 갔다. 먼저 길수 씨 방을 가서 이름표를 본다. 3명이었는데 2명만 보인다. 순간 가슴이 철렁 내려앉았다. 자세히 앞에 가서 보니 길수 씨 이름은 있고 몇 달 전에 들어온 최 씨 이름이 지워졌다. 한숨을 쉬고 들어갔다. 한 명은 돌아가신 것 같았다. 이곳에서 운명은 너무나 흔한 일상이어서 물어보지도 않는다. 그냥 돌아가셨나보다 정도로 생각한다. 옆자리에 있는 환자들도 그렇게 생각할 것이다. 그냥 또 한 사람이 갔구나. 길수 씨, 말자 씨한테 인사만 하고 나와서 옆방 환자에게 빵을 드리고 안종수 할아버지한테 갔다. 옆방 신 씨는 기관지관을 하고 있는데 식사도 잘하고 워커로 걷기도 한다. 혼자서 자기 몸 관리를 너무 잘한다. 기관지관을 제거하고 다시 코로 숨을 쉬게 하면 어떨까 생각도 했다. 그러면 다시 말도 할 수 있을 텐데.

안종수 할아버지는 주무시고 계셨다. 가까이 가서 손을 흔들어 깨웠다. 반갑게 나를 맞아주신다. 얼굴이 여전히 좋아 보였다. 가져간 빵을 하나 드리고 나도 하나 먹었다. 할아버지는 조금씩 맛있게 잘 드셨다. 나는 물을 자주 드렸다. 오늘은 좀 일찍 집으로 가야하기 때문에 발 운동은 해드리지 못했다. 할아버지는 옆 환자에게 못된 놈이라고 욕을 하신다. 자기가 88세이고 나는 77세인데 나보고 몇 살 먹었냐고 물어서 찹쌀 멥쌀 다 먹었다고 했단다. 한참 웃었다. 그리고 내일모레는 어버이날인데 아드님이 오시겠다고 하니 깡통 하나씩 가져오라고 했단다. 이유를 물어보니 오리 피를 한 통씩 주려고 한단다. 빨리 다리가 나아서 나가 오리를 잡아야 한다고 하신다. 할아버지한테 약속을 하나 하자고 했다. 수녀님이 아침에 오셔서 얼굴을 수건으로 닦아주면 고맙다고 하라고, 그리고 청소 아주머니가 방에 청소하러 오면 고맙다고 하라고, 그런 약속을 했다. 얼마나 할아버지가 고맙다는 말씀을 하실지 궁금하다. 주먹 쥐기 30회까지 일본어로 같이 했다. 할아버지의 남은 기억을 지켜주고 싶어서였고 팔 운동이 목적이었다. 거수경례로 인사를 서로 하고 나왔다.

길수 씨한테 가서 밖에 비가 온다고, 그리고 어제가 어린이날이었고 모레는 어버이날이라고 했다. 조금 있다가 양평 어머님한테 간다고 했다. 길수 씨도 어머님한테 연락을 드리는 것이 좋다고 또 말했다. "길수 씨나 나나 언제 죽을지 모른다, 내일 죽을지 오늘 죽을지, 죽어서 후회하면 무엇하겠느냐 살아서 어머니한테 얼굴 뵙고 인사드리고 고맙다고 말하는 것이 좋지 않으냐, 얼마나 어머님이 길수 씨를 궁금해 하시겠느냐"고 했다. 그는 그러겠다고 그리고 생각해 보겠다고 한다. 그리고 가족도 있는데 부인이나 아들, 딸에게도 연락을 하라고 했다. 그는 어머님이나 가족들에게 알리지 않는 것은 자기가 이곳에 있는 것을 알게 되면 속상하고 걱정하실까 봐 알리지 않는다고 한다. 그러나 죽어서 후회하면 무엇하냐, 언제 죽을지 모르는데 살아서 인사하자고 했다. 모르겠다. 내 생각이 맞는 건지, 일단 내 생각을 말해주었다. 생각해 보겠다고 한다. 그리고 내가 어머님 얘기를 꺼내니 그의 눈에는 벌써 벌겋게 눈물이 글썽였다. 시간이 없어서 책을 읽어주지 못하고 나왔다. 다음 주까지 건강히 잘 있으라고 인사를 했다.

집에 왔다가 바로 나가 준규를 버스터미널에서 만나 양평으

154

로 같이 갔다. 어머님과 삼이와 같이 아파트 앞에 있는 '한양 곰탕'에서 점심을 먹었다. 삼이가 식대를 냈다. 집으로 들어가 커피도 마셨다. 어머님은 건강하셨다. 준규를 아주 귀여워하셨다. 조금은 심할 정도로 감정 표현이 크셨다. 전과 조금은 다르셨다. 말씀도 많으셨고, 조금 치매기가 있는 듯했다. 집사람도 같은 걸 느꼈다고 한다. 어머님께 이제는 치매가 온 것 같다. 올해 88세이시니 치매가 올만도 하다. 그래도 아직 몸이 건강해 보이셔서 다행이다. 수영하실 정도이니 말이다. 좀 천천히 치매가 진행되기를 바랄 뿐이다. 돌아오면서 계속 마음이 불편했다.

2018 5 6

낡은 껍데기를 버린다고
슬퍼할 건 없어

일요일 밤.

저녁에는 평원동 장선기 씨가 돌아가셔서 조문을 다녀왔다. 지난주 금요일 나한테 진료를 받으시고 저녁에 돌아가셨다고 한다. 가슴이 가끔 아프다고 하셔서 심전도도 찍어봤는데 정상이었다. 가슴이 많이 아프면 개인병원에 오시지 말고 기독병원 응급실로 바로 가시라고 했었다. 저녁 드시고 친구 집에 가서 고스톱도 치고 오셔서 저녁에 집에서 돌아가셨단다. 30여 년간 부부의원 단골 환자이시다. 우리와 가장 가까운 완전 단골 환자셨다. 할아버지가 상이용사로 항상 할머니가 걱정을 하셨는데, 앞으로 할아버지가 어떻게 살아가실지 걱정이 된다. 할머니는 돌아가시는 복을 타고 나셨다고 우리끼리 말했다. 기독병원 장례식장에 집사람과 같이 다녀왔다. 병원 직원과 아남약국 사모님도 오셨다.

아침에는 술미공소 주일 예절을 봤다. 흥업성당을 가을에 완공하는데 성당에 놓을 의자를 기증받는다고 하니 갈거리에 봉사 오시는 이계화 님이 하나 하고, 집사람이 하나 하고, 그리고 공소에서 하나 하기로 했다. 하나에 35만 원이고 로사 자매님과 직원 김희정 님도 5만 원씩 후원했다.

빵을 사가지고 가톨릭병원 호스피스 병동에 갔다. 신광수 씨한테 우선 빵을 드리고 안종수 할아버지한테 갔다. 오늘은 할아버지가 노래를 부르셨다. 기분이 좋으셨는지 대화하는 것을 타령조로 하셨다. 오늘도 주제는 오리 잡으러 가는 것이었다. 다리 운동시키고 주물러드리고 주먹 쥐기도 하고 박수도 치고 나왔다. 그리고 화장대에 카네이션이 놓여있어 물어보니 손자가 사놓은 것이라고 한다. 누가 가져가니 딴 곳에 두어야 한다고 하신다.

길수 씨는 여전히 잘 있었다. 말자 씨도 여전했다. 진짜 풍전등화 같은 언제 생명줄이 끊어질지 모르는 연약한 삶인데, 끈질기게 잘 버티고 있었다. 내가 보기에만 풍전등화인지도 모른다. 비위관이나 위루관으로 음식 섭취를 하면서 몇 년째 잘 있으니까. 기저귀 차고 팔다리 전혀 움직이지 못하면서 너무 잘 있는 것이 신기할 정도이다. 그래서 오늘도 건강히 잘 있어 줘서 고맙다고 했다. 오늘도 『어린 왕자』를 읽었다. 26장부터 끝까지 읽었다. 다음 시간에 책 번역가의 에필로그만 읽으면 끝난다. 어린 왕자가 쓰러지면서 한 말 중에 '내 몸은 버려야 할 낡은 껍데기 같은 거야. 낡은 껍데기를 버린다고 슬퍼할 건 없어…'가 마음에 와닿았다. 다 읽고 길수 씨한테도 이 말을 다시 읽어주면서 참 맞는 말이라고 했다. 길수 씨, 말자 씨 모두 고개를 끄덕인다. 어떻게 보면 이분들에게, 곧 운명을 눈앞에 둔 분들에게 이 말은 더 중요하게 와닿을지 모르겠다. 그리고 이런 뜻을 이해시켜주고 싶었다. 죽으면 없어질 껍데기에 집착하지 말자고 했다. 길수 씨가 죽고 나면 영혼이 있다고 한다. 이렇게 생각하면 한결 마음이 가벼워지지 않을까 생각했다. 신체의 아픔, 죽음 이런 것은 버려야 할 껍데기일 뿐이라는 것이다. 잠시의 고통이다. 인간은 누구나 고통과 죽음을 가지고 태어나지 않았는가? 다음에는 노래방 마이크를 가져와서 노래 부르기로 했다. 어버이날에 며느리가 선물해 준 마이크가 집에 있다.

그는 조용필의 '비애'를 부르겠다고 한다. 나는 '돌아와요 부산항에'를 부르겠다고 했다. 옆에 에이즈 환자 말자 씨도 있다. 다음 주에는 호스피스 병실이 노래로 가득하겠다. 어린 왕자가 지구 별나라로 노랫소리 들으러 다시 일어나 오지 않을까?

2018 5 13

158

낙엽 따라 가버린 사랑

아침에 술미공소 주일 예절을 보고 가톨릭병원에 갔다. 312호 신광수 씨한테 가니 나한테 부탁을 한다. 석션 카테터 굵은 거 4개를 사달라는 것이었다. 5만 원도 준다. 수녀님한테도 말씀드렸다.

안종수 할아버지한테 가니 옆 침대에 새로 오신 할아버지가 운명하기 직전 같았다. 가족들도 와 있었다. 산소포화도 측정기가 손가락에 끼어있고. 심장 모니터에서는 혈압과 맥박을 보여주고 있고, 수액제가 2개씩이나 달려있다. 그리고 마스크로 산소 주입을 하고 있는데 산소탱크의 조절기는 끝까지 열려있었다. 소변 백에는 붉은색을 띤 소변이 조금 차 있었고, 숨을 가쁘게 몰아쉬고 맥박이 100에서 오르락내리락하고 있다. 오늘 못 넘길 것 같았다. 아니 몇 시간 못 버티실 것 같았다. 이런 마지막 운명을 하고 있는 환자에게 영양수액제가 왜 필요한지 모르겠다.

옆 환자가 운명하는 중이고 가족들도 있어 안종수 할아버지한테는 빵 반 조각 드리고 조금 앉아 있다가 다음에 또 오겠다고 하고 나왔다.

길수 씨한테 갔다. 먼저 지난주에 못 와서 미안하다고 했다. 그리고 오늘은 『어린 왕자』를 마저 다 읽고 다음 주에 노래 부르자고 했다. 다음 주에 무슨 노래를 부르겠냐고 물으니 차중락의 '낙엽 따라 가버린 사랑'을 부르겠다고 한다. 그래서 바로 핸드폰으로 이 노래를 찾아 한 번 들어보고 같이 불러봤다. 다음 주에 한 곡 더 하라고 했다. 옆 침대에 말자 씨한테 노래 부르겠냐고 하니 고개를 젓는다. 길수 씨는 청중도 있어야 한다고 유머를 한다. 점심때라 요양보호사가 비위관에 점심을 연결하러 왔다가 길수 씨가 큰 소리로 '낙엽 따라 가버린 사랑'이라고 말을 하니 놀란다. 항상 조용히 말도 잘 못하던 사람이 이렇게 큰 소리를 낼 수 있다는 데에 놀란 것 같다. 나도 놀랐다. 그만큼 노래 부르고 싶었나 보다.

『어린 왕자』 맨 뒤에 번역자가 저자 생텍쥐페리에게 쓴 편지가 있어 읽어주었다. 중간이 어려운 것 같아 처음과 마지막 부분만 읽어주고 저자의 연혁을 일부 읽어주었다. 이렇게 해서

『어린 왕자』 읽기는 끝이 났다. 다음에는 오늘 읽어준 편지에 나온 어른을 위한 동화인 『아낌없이 주는 나무』, 혹은 『갈매기의 꿈』을 읽어드릴까 생각한다. 이번에는 중천철학도서관에서 빌리지 않고 사야겠다. 2주마다 대출 연장하는 것이 쉬운 일도 아니고, 제때에 책을 반납하지 못해 도서관에 미안하기도 하다.

병원에서 나와 집에 오는 길에 기독병원 앞에 있는 의료기 가게에 가서 신광수 씨가 부탁한 굵은 석션 카테터를 알아봤다. 세 군데를 다 가보아도 그가 원하는 큰 카테터(18 프렌치)는 없었다. 너무 큰 거라 찾는 사람이 없어 갖다 놓지 않는다고 한다.

2018 5 27

운명이 일상화된 곳

일요일 밤 11시.

어제 미사를 봐서 오늘은 공소 주일 예절이 없었다. 그래서 늦게 일어났다. 오전에 가톨릭병원 호스피스 병동에 갔다. 물론 남원주농협에 가서 빵도 사고, 중천철학도서관에 가서 그동안 여러 번 대출 연장을 했던 『어린 왕자』를 반납했다. 오늘 읽어줄 책으로 『아낌없이 주는 나무』를 교보문고에 주문해서 샀다.

3층 신광수 씨한테 가서 지난주에 부탁했던 석션 카테타를 사 오지 못해 미안하다고 했다. 돈 5만 원도 돌려드렸다. 가지고 온 빵을 드리고 안종수 할아버지한테 갔다. 가는 길에 301호 큰 방을 지나가는데 한 할머니가 방금 운명하신 모양이다.

수녀님 여럿이 모여 정리를 하는 거 같았다. 운명이 일상화된 곳, 별로 어색하거나 놀랍지도 않다. 모두 그런 표정들이다. 옆 침대에 있는 환자는 이런 것을 알지 못할 정도로 깊은 수면 상태에 있다. 환자 보호자도 무표정이다. 물론 커튼이 일부 쳐져 있지만 말이다. 잠시 큰 병실을 지나 복도를 지나가는 짧은 순간에 생명, 운명 등을 생각하며 고개를 숙인다. 짧은 몇 분의 걷는 시간이 무거운 짐을 짊어지고 가는 듯 길었다.

안종수 할아버지 방에 들어가니 옆 침대에 계셨던, 지난주 곧 운명할 것 같았던 할아버지는 안 계시고 새로운 분이 누워 있다. 안 할아버지는 저 자리는 죽어 나가는 자리라고 하신다. 지난주 그분이 돌아가신 걸 아시는지도 모르겠다. 새로 오신 분은 42살 남자이다. 핸드폰도 보고 정신이 말짱한 분 같았다. 다리에 건선이 심해서 걷지를 못하는 것 같았다. 다리가 앙상했다. 원주가 고향이고, 전에 기계 설계를 했었다고 한다. 얘기를 할 수 있는 분이 와서 좋았다. 책을 본다고 해서 우선 다음 주에 내 책을 드리겠다고 했다. 앞으로 많은 할 것들이 있을 것 같다. 책 읽어주기 등, 우선 빵을 사 오겠다고 했다.

안 할아버지한테 다리와 발 주물러드리고 관절 운동을 시켜 드렸다. 할아버지는 오늘은 동네 사람 안 누구를 말하면서 호랑이를 잘 잡았다고 하시며 호랑이 얘기를 쭉 하신다. 일제시대 때 초등학교 반장을 하셨단다. 일본 이름이 '야쓰마다'였다고 하신다. 가지고 온 빵을 반만 드렸다. 반은 내가 먹고 하나는 옆 사람에게 드렸다.

　길수 씨한테 갔다. 가기 전 준비실에서 봉사 앞치마를 입는데 한 요양보호사가 요새 길수 씨 컨디션이 좋지 않다고 한다. 기운이 없고 말도 적다고 한다. 내심 덜컹했다. 오늘 노래 부르기로 했는데 영영 노래 부를 수 있는 기회가 없어지는 건가, 운명의 날이 가까워졌나, 마음이 내려앉았다. 방에 들어가 보니 진짜 기운이 없어 보였다. 오늘 노래를 할 수 있겠냐고 물으니 못 하겠다고 한다. 다음에 기운 차려서 하자고 했다. 간신히 말을 잇는다. 전과 같은 큰 소리는 들을 수 없었다. 가지고 간 새로운 동화책 『아낌없이 주는 나무』를 보여주고 읽어주었다. 이 책은 대부분이 그림이었다. 오늘 다 읽었다. 내용이 단순했다. 그도 이해하는 것 같았다. 나무와 소년의 사랑 이야기였고 30분 정도밖에 걸리지 않았다. 그에게 기운 내자고 하고 나왔다. 말자 씨도 오늘은 더 기운이 없어 보였고 잠만 자고 있다. 길수 씨를 다음 주에도 볼 수 있었으면 좋겠다는 마음을 가지고 방을 나왔다. 마음속으로 기도를 했다. 풍전등화 같은 생명의 길수 씨에게 많은 것을 요구할 수는 없다. 단지 지금같이 알아보고 들을 수만 있으면 좋겠다. 운명의 날이 언제 올지는 모르지만.

2018 6 3

동강어죽

일요일 밤.

오전에는 역시 술미공소 주일 예절이 있었다. 검산 심 자매님이 마늘종을 한 봉지 싸주셨다. 그리고 예절 끝나고 술미 신자들을 내려주는데 술미 서만순 할머니 따님이 포도를 먹으라고 조금 준다. 공소 총무 일을 보면서 신자분들을 태워 오고 가고 하면서 더 친해지고 먹을거리도 자주 받는다. 좋은 일이다. 그러면서 마을에 더 가까이 다가가는 것 같다. 한마디로 마을 사람이 되어가는 느낌을 더 받는다. 주일 예절 마치고 커피 시간에 다음 주에는 점심 먹자고 했다. 공소회비로 먹자고. 그래서 10시 반에 주일 예절 시작하기로 했다. 금년에 성지순례도 못 갔으니 맛있는 거 먹으러나 다니자고 했다.

가톨릭병원 호스피스 병동에 가서 오늘은 점심 약속이 있어 인사만 하고 다음 주에 다시 오겠다고 길수, 말자 씨한테 얘기하고, 신광수, 안종수, 해정 씨에게도 빵을 드리고 다음 주 다시 오겠다고 했다. 그리고 해정 씨한테는 내 책 『140만 그릇의 밥』을 드렸다.

그리고 바삐 집으로 돌아왔다. 점심에 은행정 분들과 점심 먹기로 했었다. 최연희 할머니, 안한진 부부, 그리고 벌 치는 할아버지, 한만준 부부 모두 8명이 흥업 '동강어죽'으로 가서 먹었다. 다들 맛있다고 한다. 옛날 냇가에서 물고기 잡고 어죽 먹던 생각이 난다고들 하신다. 마을 분들과 같이 먹으면서 뭔가 마음이 편안해지고 시골 사람이 더 돼가고 있다는 걸 느낄 수 있었다. 원래는 앞집, 뒷집 그리고 번개탄집하고만 먹기로 했는데 번개탄집 형님과 한 이장님까지 넓혀졌다. 서울집은 안 계셔서 못 갔다. 마을 어르신들과 식사하면서 많은 옛날 동네 얘기를 들을 수 있었다. 멧돼지가 많이 나와 시청에 신고해서 포수가 15일간 나왔었는데 돼지는 못 잡고 노루만 10마리 이상 잡았다고 한다. 돼지 때문에 농사를 못 짓겠다고들 한다. 한 이장님 부인은 다리가 많이 좋아져서 잘 다니는데 치매 기운이 있다고 한다. 그리고 번개탄집 아저씨는 술을 끊었다고, 전에 무척 많이 들었는데 어떻게 끊었는지 신기하다고들 한다. 2018 6 10

갈매기의 꿈

오늘은 술미 주일 예절을 10시 반에 시작해서 12시 조금 넘어 끝났다. 흥업에 있는 '동강어죽'에 갔다. 모두 16명, 갈거리에서 용일, 우찬, 태일, 창기도 같이 갔다. 지난주에 이번 주 공소 회식 가기로 했었다. 다들 어죽을 잘 드셨다. 술미 자매님들 두 분은 못 드셨다. 감자전만 드시고 물김치만 해서 밥을 드셨다. 서만순 마리아 할머니는 원래 반찬을 못 드시고 고기도 못 드신다. 감자전도 먹었는데 부추전은 서비스로 나왔다. 모두 15만 원이 조금 넘었다. 명희도 오고 명희 아빠도 오셨다.

오후에는 가톨릭병원 호스피스 병동에 갔다. 물론 빵도 사 갔다. 길수 씨 방에 들어가기 전에 먼저 이름표를 본다. 떨리는 마음으로. 두 분의 이름이 다 있었다. 인사만 하고 나와 신광수 씨한테 빵 한 봉지를 드린다. 앉아서 고개만 끄덕인다. 석션 카테터는 그대로 작은 것을 쓰고 있었다.

안종수 할아버지 방으로 갔다. 역시 건강히 반갑게 맞아주신다. 옆 침대 해정 씨도 잘 있다. 지난주에 내 책을 주었는데 읽기 시작했나 보다. 빵 한 봉지 드리고 안종수 할아버지하고는 하나를 나눠서 반 드리고 나도 먹었다. 하나는 나중에 드시라고 테이블 위에 놓았다. 할아버지는 오늘은 논물 보러 가야 한다고 하신다. 논이 5마지기 있다고 하신다. 발도 주물러드리고 관절 운동도 시켜드렸다. 30분 정도 해드리고 주먹 쥐기 운동은 해정 씨도 같이했다. "이찌, 니, 산…" 일본어로 할아버지가 소리 내서 구령을 부친다. 해정 씨는 군대 중사였다고 한다. 손에 건선과 관절염이 심해서 주먹을 다 못 쥔다. 모든 관절이 다 굳어간다. 앞으로는 같이 운동을 시켜야겠다는 생각이 들었다. 그리고 건선이라도 관절이 굳으면 병이 낫고 나서도 걷지 못하고 건선 회복에도 좋지 않을 것 같았다. 희망을 가지고 운동을 하라고 권유해야겠다는 생각을 돌아오면서 했다. 잘 격려를 해줘야겠다. 운동도 하고 희망을 주어야겠다. 아직 젊은 사람이니까.

길수 씨한테 갔다. 말자 씨는 잠을 자다 깨다 한다. 기운이 없나 보다. 그래도 길수 씨 컨디션은 보통이다. 변함이 없다. 오늘은 새로운 책 『갈매기의 꿈』을 읽기 시작했다. 지난번에

『어린 왕자』와 『아낌없이 주는 나무』가 끝나고 오늘은 새로운 책 시작이다. 이제 길수 씨는 내가 책을 읽으면 잘 들으려고 눈을 똘망똘망하게 뜨고 정신을 집중하는 것 같다. 요양보호사가 비위관에 음식 대용물을 단다. 길수 씨한테 식사 많이 맛있게 하라고 한다. 말자 씨는 위루관에 연결한다. 비위관이나 위루관으로 음식을 섭취하면 음식이 들어가는지, 맛이 있는지 없는지 전혀 모른다. 매일 똑같은 음식 대용물을 주입한다. 손발을 전혀 움직이지 못하고 대변 소변도 하루 몇 번씩 갈아주는 기저귀에 본다. 사람의 신체로서는 수명이 다 했다고 할까. 단지 정신만이 살아서 인간의 역할을 하는 것이다. 몸은 이미 인간이 아니다. 생명은 신비하다. 몸은 다 망가져도 정신이 살아있으니 생명이 없다고 할 수 없다. 맥박이 뛴다고 살아있다고 할 수 있을까. 정신이 없어진다면 인간이 살아있다고 할 수 있을까? 길수 씨, 말자 씨를 보면서 드는 생각이다. 비위관 위루관으로 밥을 먹으며, 대소변도 못 가리고 또 언제 봤는지 알지도 못한다. 나의 모든 것을 다른 사람에게 의존해야 한다. 단지 눈으로 보기만 하고 듣기만 하고 간신히 몇 마디 말할 수만 있다. 다행히 정신은 생생하다. 그래서 길수 씨는 라디오 음악을 종일 듣고 있다. 산다고 하는 의미가 이들에게는 무엇일까? 생명의 귀중함이란 무엇일까? 오늘따라 생명에 관해 이런저런 생각들이 떠오른다.   2018 6 17

바람의 마을

일요일에는 호스피스 병동에 다녀왔다.

신광수 씨한테 가서 빵을 드렸다. 석션 카테터 막혔을 때 뚫을 철삿줄을 구해달라고 한다. 다음 주에는 철삿줄을 가지고 가야 한다.

할아버지에게도 빵을 드리고 옆 침대 해정 씨에게도 빵을 한 봉지 드렸다. 오늘은 해정 씨한테 운동을 하라고 했다. 관절이 굳지 않도록 관절 풀어주는 운동을 하고 근육을 늘리는 운동도 하라고 했다. 전신 건선이 심하고 관절염도 심해져서 모든 근육이 거의 없어지고 걷지도 못하고 있다. 운동을 하면 건선 치료에도 도움이 될 것이라고 격려해 주었다. 이분한테 운동하라는 사람이 없는 것 같았다. 그냥 침대에 누워만 있고 점점 뼈만 남아 간다. 건선은 치료 불가능하다고만 믿고 있는 것 같다. 건선이 낫지 않아도 운동을 해서 워커를 잡고라도 걸을 수 있게 되었으면 좋겠다고 했다. 환자에게 희망을 주고 싶었다. 나올 때 같이 주먹 쥐기도 하고 팔 운동도 했다.

길수 씨한테 갔다. 오늘은 컨디션이 좋아 보였다. 새로운 사람이 방에 한 명 더 있어 3명이 되었다. 이분도 에이즈 환자라고 한다. 대변에서 바이러스가 검출된다고 하니 더 주의를 해야겠다. 오늘은 길수 씨에게 『갈매기의 꿈』을 지난번에 이어서 읽어주었다. 이 책에서 갈매기 조나단은 처음 나는 것을 배운 후 다른 갈매기와 달리 더 높게, 더 멀리 나는 것을 세밀히 연구하면서 노력한다. 그는 흥미를 갖는 것 같았다. 다 읽고 다시 한번 더 읽자고 했다. 이 책 내용이 그에게 좋겠다는 생각이 들었다. 옆 침대의 말자 씨는 오늘은 컨디션이 좋아 보이지 않고 계속 눈 감고만 있었다.

옆자리에 새로 오신 남자분이 있는데 변을 보고 싶어 일어났다 앉았다 한다. 요양보호사가 와서 변 보고 싶으면 누워서 기저귀에 그냥 보라고 한다. 그 환자분은 그래도 계속 어색해서 앉아서 보려고 한다. 이런 경우 간병인이 시간적 여유가 있으면 옆에 화장실 의자를 가져다 주든지 아니면, 화장실에 부축해 모시고 가서 본인이 직접 앉아서 보게 하는 것이 훨씬 더 인간적이고 존엄성을 살려주는 것이라는 생각이 들었다. 얼마

전 일본 '바람의 마을'에 가서 요양원이 모두 1인실이고 1대1 간병을 하고 있으며, 비위관이나 기저귀 차고 있는 분이 거의 없는 것을 보고 부러웠다. 우리나라도 빨리 그렇게 되기를 바라는 마음 간절하다. 인간의 존엄성과 개인 의사 결정권을 끝까지 지켜주어야 하겠다.

천사요양원에서 오신 권오필 할아버지는 다른 병실에서 계속 눈을 감고 계시고 아무것도 모르시는 것 같았다. 천사요양원에 계실 때보다 더 안 좋아 보인다.

2018 7 1

행복

공소 신자분들 집에 바래다 드리고 가톨릭병원에 갔다. 물론 남원주농협에서 빵을 4봉지 샀다. 신광수 씨한테 하나 드렸다. 지난주에 가져다드린 철샷줄을 카테터 뚫는 데 잘 사용하고 있다고 나한테 보여주신다. 그리고 안종수 할아버지한테 갔다. 할아버지는 주무시고 계셨다. 깨워도 정신이 금방 맑아지지 않으셨다. 그래서 다리를 주물러드리며 말을 시켰다. 빵도 반쪽 드셨고, 반쪽은 내가 먹었다. 다리 관절 운동도 시켜드리고 주물러드리면서 말을 나누었다. 점점 정신이 드는 모양이다. 한참 얘기를 나누고 옆 침대의 해정 씨에게도 말을 붙이고 다리 운동도 시켜드렸다. 전신 건선을 앓고 잘 못 걸은 지가 2년밖에 안 되었는데 다리는 완전 뼈만 남은 상태이다. 피부는 굳은살 딱정이 같은 걸로 덮여 있고, 딱정이가 침대 바닥에 많이 떨어져 있다. 앙상한 다리 관절은 모두 굳어져 있어 펴지지도 않고 굽혀지지도 않았다. 억지로 관절 운동을 시키기가 두려웠다. 그래서 해정 씨 보고 혼자서 다리 운동을 하라고 하고 근육 운동하는 방법을 가르쳐 주었다. 자주 열심히 하라고 했다. 운동을 하면 근육도 다시 생기고 관절도 풀릴 수 있다고. 그리고 운동을 하면 건선도 분명히 좋아진다고 했다. 내가 피부과 전문지식은 없지만, 환자에게 희망을 심어주고 싶었다. 그리고 내 의학상식으로도 운동하고 잘 먹고 희망을 가지면 자가면역질환인 건선도 좋아질 것으로 믿는다. 목표를 목발 짚고 걸을 수 있는 것으로 하자고, 걸어서 퇴원하자고 했다. 환자도 내 말을 알아듣고 이해하고 희망을 가지려는 것같이 보였다. 할아버지, 해정 씨와 함께 주먹 쥐기 운동을 했다. 다음 주에 또 와서 운동하자고 하고 병실을 나왔다.

311호 길수 씨한테 갔다. 말자 씨와 새로 오신 중근 씨에게 인사를 했다. 모두 점심 음식이 비위관 호스에 연결되어 있다. 오늘도 『갈매기의 꿈』을 읽어드렸다. 길수 씨는 여전히 그런대로 건강 상태를 잘 유지하고 있었다. 오늘 목소리가 크게 들렸다. 책 제목도 보여드리고 읽어보라고 했다. 그리고 주인공 이름도 물어보았다. 이 책을 다 읽고 다시 한번 더 읽자고 했다. 그래야 이해가 될 것 같다. 그는 조금씩 읽어달라고 한다. 많이 읽으면 머리 아프고 기억이 나질 않는다고. 맞는 말이다. 40분 정도 읽어드리고 병실을 나왔다. 다음 주까지 건강히 잘 계시라고 말하고 나온다.

오늘부터 성문요양원에 봉사 가기로 했다. 요양원에 가니 12시 45분이 되었다. 배길자 씨한테 책 읽어드리고 김영자 씨에게는 빵을 드리기로 했었다. 배길자 씨는 가족이 점심 사드리러 데리고 나가서 아직 안 들어왔다고 한다. 그래서 김영자 씨한테만 빵을 드리고 나왔다. 김영자 씨는 역시 나를 보고 깔깔 웃으면서 무척 반가워했다. 그녀는 내가 한 달에 두 번 촉탁진료 갔을 때도 크게 웃고 좋아하셨다. 먹을 것을 매주 가서 드리는 것이 좋겠다는 생각이 들었다.

일요일은 아침에 공소에서 예절 보고 또 공소 총무로서 신자들을 위해서 주어진 일을 하고, 호스피스 병동과 요양원에 가서 봉사를 한다. 알찬 주일을 보내는 것 같다. 이런 것이 작은 사랑이고 작은 봉사라고 생각한다. 이런 것에 행복이 있지 않을까. 오늘 호스피스 병동의 요양보호사가 나한테 말한다. 행복하시겠다고.

2018 7 15

이야기 할머니가 되어야

 일요일 오전에는 역시 술미공소 주일 예절 보고 가톨릭병원 호스피스 병동에 갔다. 오늘은 공소 성경 읽기가 일찍 끝나서 10시 조금 넘어 병원에 도착했다.

 3층 신광수 씨한테 빵이 두 개 든 봉지 하나를 드리고 안종수 할아버지 방으로 갔다. 옆 침대의 해정 씨도 잘 있었다. 할아버지는 오늘은 정신이 또렷또렷하셨다. 반갑게 나를 맞아주신다. 오늘은 할아버지가 호랑이 잡는 것을 말씀하시며 안 누구누구가 호랑이를 제일 잘 잡는다고 하신다. 하루에 9마리까지 잡았다고 한다. 오리는 할아버지가 제일 잘 잡는다고 한다. 아마 옛날에 오리를 진짜 많이 잡았었나 보다. 매일 오리 잡는 얘기는 빼놓지 않으시니 말이다. 오리 피가 좋다는 얘기도 빠

뜨리지 않는다. 오늘 나보고 다음에 올 때 깡통 하나 가지고 오라고 하신다. 오리 피를 주는데 담아야 한다고.

옆 해정 씨에게 운동 많이 하셨냐고 물으니 꾸준히 했다고 한다. 물리치료 선생님도 매일 오셔서 다리 관절운동 시켜주셨다고 한다. 앙상한 다리가 언제 근육이 붙을지 의문이다. 그렇지만 환자에게는 희망을 주고 싶다. 진짜 열심히 하면 약간의 근육이 생길 것 같다. 다리 신경 손상은 없어 보인다. 단지 운동을 안 하고 누워만 있어 관절이 굳고 근육이 없어진 것이다. 굳어진 관절 펴는 운동하고 근육 운동하여 근육이 늘어나면 정말 조금이라도 지팡이나 워커 짚고서 걸어 나갈지 모르겠다. 그렇게 되기를 희망하는 것이다. 환자에게도 똑같은 말을 해줬다. 열심히 하면 걸어 나갈 수 있다고, 운동하고 근육이 붙으면 건선도, 관절염도 나아질 것이라고. 운동을 해서 근육이 늘어나고 면역력이 좋아져서 자가면역질환인 건선이 좋아질 수 있다고 했다. 희망을 가지라고. 해정 씨한테도 관절운동시켜 드리고 근육운동도 시켜드렸다. 물론 빵도 한 봉지 드렸다. 할아버지하고는 반 개씩 먹고 하나는 테이블 위에 놓았다.

11시 반경에 나와서 성문요양원에 갔다. 오늘이 두 번째 봉사 가는 것이 된다. 2층에 올라가 김영자 씨한테 가지고 간 빵 한 봉지를 드리고 배길자 씨한테 가서 동화책『나의 라임오렌지나무』를 읽어드렸다. 옆자리 김경순 씨한테도 같이 듣자고 했더니 일어나 열심히 들었다. 배길자 씨는 잘 알아듣는 건지, 못 듣는 것인지 잘 모르겠다. 어쨌든 좋다고 손으로 표시를 한다. 오늘은 '철드는 나이' 챕터를 읽어드렸다. 지난주에는 배길자 씨가 외출하시고 안 계셔서 책 읽기를 못 해 드리고 오늘이 처음이었다. 책을 읽어드리면서 잘 알아듣게 그리고 이해를 돕기 위해 내가 손짓도 하고 부연 설명도 해야 했다. 아마 이렇게 하는 것이 '이야기 할머니'라고 하는 것이 아닌가 싶다. 사실 내가 책 읽어주는 것도 어설픈데 몸동작까지 해가면서 읽어주려니 쉬운 일이 아니었다. 그렇지만 듣는 사람의 표정도 읽으면서 감정을 주고받는 것이 되어 더 좋다고 할 수 있다. 내가 부드럽지 못하게 책을 읽어드리는 것이 죄송하기도 하다. 그래도 환자분들이 좋아하고 이분들에게 도움이 된다고 하니 꾸준히 다녀야겠다. 나는 아직 어린애 수준의 책 읽기 봉사자이다.

2018 7 22

착한 후원

방금 남미 영화 '미션'을 봤다. 내년 칠레 아르헨티나 여행 준비로 남미 영화를 보기 시작했다. 미션은 천주교 예수회와 남미 원주민들과의 관계를 소재로 한 영화이다. 스페인과 포르투갈의 남미 영역 다툼도 볼 수 있다. 역시 당시 천주교는 국력과 권력 다투는 것에 지나지 않았나 싶다.

아침에는 주일 예절을 보았다. 공소에는 「갈거리사랑촌」에 주방 봉사 오시는 이 안나 자매님이 두유와 빵을 사 오셨다. 나도 빵을 사서 가톨릭병원 호스피스 병동에 갔다.

우선 신광수 씨께 사 온 빵 한 봉지 드리고 안종수 할아버지한테 갔다. 옆 침대의 해정 씨께도 빵 한 봉지 드렸다. 안종수 할아버지가 주무시는 것 같아 깨웠다. 다리 주물러드리고

얘기도 나누었다. 오늘도 오리 얘기를 하신다. 주로 말씀의 주
제는 오리이다. 가끔 호랑이도 나오고 부인 얘기도 나온다. 해
정 씨도 매일 물리치료사 선생님이 올라와 다리 운동해 준다
고 한다. 나도 다리 근육운동과 관절 운동을 시켜드렸다. 다리
에 근육이 다 없어졌지만, 힘을 주라고 하면 약간 힘이 주어진
다. 아직 신경은 살았다는 증거이다. 그래서 환자에게 아직 신
경이 살아있으니 열심히 근육운동하고 관절 운동하면 걸어
나갈 수 있다고 격려해 주었다. 다리 운동시켜 드리고 다 같이
팔 운동도 했다. 서로 돌아가면서 구령을 부치기도 했다. 다 끝
나고 인사는 군대식으로 하자고 했다. 다들 군 하사관 출신들
이시니 말이다. 차렷 경례하면 모두 "충성"하고 거수경례를 한
다.

　길수 씨한테 가서 『갈매기의 꿈』을 읽어준다. 새로 오신 중근
씨도 같이 듣는다. 중근 씨는 그래도 아직 길수 씨에 비하면
멀쩡하다. 일어나 앉기도 한다. 눈이 안 보이는 것 같지만 말
씀은 우렁차게 하신다. 노숙 생활을 했다고 한다. 같이 듣자고
했다. 말자 씨는 계속 잠만 자고 있었다. 30분 정도 책을 읽어
준다. 점심을 요양보호사가 와서 비위관에 연결해 준다. "오늘
식사 맛있는 거네요"하고 길수 씨한테 말한다. 내가 책을 읽
고 있는데 잘 아는 요양보호사(천사요양원에 미용 봉사 다니
는 분)가 커피를 한 잔 타온다. 나는 혼자서 커피를 마신다. 길

수 씨도 옛날에 커피 킬러였다고 한다. 커피는 냄새가 좋다고 한다. 하루에 3잔씩 먹었었다고 한다. 지금은 내가 먹고 길수 씨는 눈으로 먹자고 했다. 다음 주면 이 책이 다 끝날 것 같다. 다시 읽기로 했다. 그래야 이해가 될 것 같다고 했다.

성문요양원에 간다. 배길자 씨는 외출 나가고 안 계셨다. 그래서 책 읽기는 다음에 하기로 했다. 옆 침대의 김경순 씨께 빵 한 봉지 드리고 김영자 씨께도 드렸다. 그리고 이강옥 씨께는 내가 쓴 책 『140만 그릇의 밥』을 드렸다. 가족들이 많이 와 계셨다. 옆방의 전팔순 씨께도 한 봉지 드렸다. 오늘은 6봉지 사 온 빵이 다 나갔다. 요양원 할머니들이 내가 봉사 왔다고 하니 좋아하시는 것 같다. 한 달에 두 번 진료 가는데, 일요일 마다 가서 빵을 드리니 더 좋아하는 것이었다.

아침에 새말 명희 어머님이 나한테 10만 원이 든 봉투를 주시며 외국 밥 못 먹는 아이들에게 보내달라고 하신다. 얼마 전에도 후원하셨는데 또 주신다. 명희가 용돈 주는 것을 모아서 하는 것이라고 한다. 명희는 시각장애가 있고 안마시술소에서 일을 하고 있다. 참 착하신 분들이다. 집이 얼마나 열악한지 내가 잘 아는데, 그 힘든 생활에서 돈을 모아 더 어려운 아이들에게 후원하신다.

2018 7 30

그녀는 항상 그랬다

어제 신부님 술미공소 미사가 있어 오늘 주일 예절은 없었다. 가톨릭병원 호스피스 병동에 갔다. 남원주농협에서 빵을 6봉지 샀다. 성문요양원까지 가니 빵이 더 필요하다. 먼저 신광수 씨한테 빵을 한 봉지 드렸다. 광수 씨는 여전히 침대에 앉아서 TV를 보고 있다. 귀가 많이 안 들리는데도 내가 문을 두드리면 고개를 돌려 나를 본다. "잘 있으세요?" 하면 고개를 끄덕인다.

301호 여러 명 있는 병실을 지나 안종수 할아버지에게 간다. 이 큰 병실에는 중증 어르신들이 많다. 대부분 아무 의식이 없다. 그저 조용히 잠만 자고 있을 뿐이다. 요양보호사, 수녀님들은 기저귀 체인지하느라 바쁘다.

안종수 할아버지는 눈을 뜨고 나를 반겼다. 다리를 주물러 드렸다. TV에서 진품명품을 하고 있어 같이 보았다. 추사 선생님의 작품이 나왔다. 관심이 있어 한참 보기도 했다. 이 프로에 나온 사람들이 너무 서예나 추사에 대해 모르고 있어 안타까웠다. 할아버지는 오늘도 오리나 호랑이 얘기를 하셨다. 나가서 오리 많이 잡아 오겠다고 하신다. 그리고 꼭 잡으면 나도 한 마리 주겠다고 한다. 옆 침대 사람에게는 얌체라며 안 주겠다고 한다. 다리 운동시켜 드리고 옆 침대 해정 씨에게도 다리 운동시켜 드렸다. 열심히 운동해서 걸어 나가자고 했다. 충분히 할 수 있다고. 운동을 하면 피부도, 관절도 좋아질 것이라고 했다. 두고 보라고 하며 장담을 했다. 건선과 관절염 때문에 다리를 움직이지 않아서 근육이 없어지고 관절이 굳어버렸다. 어떻게 보면 그동안 의사들의 책임이 전혀 없다고 할 수 없다. 진료했던 의사들이 다리 못 쓰는 것, 재활에 대해서는 신경을 덜 썼기 때문이리라. 피부만 보았다. 2, 3년 사이에 다리 근육과 관절은 거의 다 망가져 버렸다. 마지막에는 할아버지, 해정 씨 두 분이 같이 팔 운동하고 주먹 쥐기 운동도 하고 인사를 군대식 거수경례로 했다. 구령을 할아버지에게 부탁하고 구호는 "충성!"으로 했다. 할아버지가 좋아하신다. 차렷 경례 소리도 커진다. 그리고 해정 씨에게도 옛날 군 생각을 추억하게 하고 싶었다. 다시 젊어서 군에서처럼 씩씩해지게 하고 싶었다. 조금이라도.

길수 씨는 기다리고 있었는지 나를 보고 반가워한다. 말자 씨는 눈을 감고 있다. 길수 씨가 처음에는 약 때문에 잠이 많이 온다고 한다. 자기도 전에는 그랬다고. 에이즈 약물의 효과인가 보다. 중근 씨는 대답이 씩씩했다.『갈매기의 꿈』을 오늘은 끝까지 다 읽었다. 다음 주부터는 다시 처음부터 읽어보자고 했다. 갈매기의 꿈이 무엇인지 나도 감이 잘 안 왔다. 주인공 갈매기가 어려운 비행을 하는 것이 꿈인지 모르겠다. 다시 읽어보면서 길수 씨와 이야기 나눠 보려 한다.

병원을 나오니 12시 반이 된다. 성문요양원에 갔다. 김영자 씨한테 가서 빵 한 봉지 드렸다. 물론 역시 좋아하신다. 큰 웃음으로 반겼다. 그녀는 항상 그랬다. 그리고 앞방에 있는 이인자, 그 옆방 할머니에게도 한 봉지씩 드렸다. 모두 음식을 혼자서 잘 드시는 분들이다. 그리고 배길자 씨한테 가서『나의 라임오렌지나무』를 읽어드렸다. 옆 침대의 김수경 씨에게도 빵 한 봉지 드리고 책 읽기를 같이 했다. 이분은 식사도 잘하시고 몸이 건강한 편이었다. 내가 책을 읽는 동안 침대에 앉아 계신다. 배길자 씨는 눈으로 그리고 손으로 의사 표시를 한다. 악수도 하고 고맙다고 손짓을 한다. 오늘은 '동물원 놀이'를 읽었다. 한 챕터씩 읽는데 20분 정도 걸린다. 길게 읽을 수도 없다. 요양원 어르신에게는 지루할 수도 있고 듣고 이해하고 기억하는 것이 어려울 수가 있기 때문이다.

내가 길수 씨, 배길자 씨한테 책을 읽어드리고 있는데 어떻게 보면 이분들이 얼마나 듣고 이해하고 있는지 그리고 얼마나 이분들에게 즐거움이 되는지 모르겠다. 혹시 나만 즐거운 것은 아닌지, 이분들이 듣고서 잘 모르면서도 내가 찾아오고 책 읽어주는 성의가 고마워서 잘 듣고 재미있는 척하는지도 모르겠다. 그러니까 이분들이 나를 도와주고 계시는 건 아닌지. 내가 봉사하러 간 것이 아니고 이분들이 나한테 봉사하고 있는 것은 아닌지 모르겠다는 얘기다. 어쨌든 나와 이분들의 만남의 시간은 중요하다고 본다. 만나는 자체가 좋고 조금의 외로움을 달래주는 것이 되지는 않을까. 그리고 자꾸 만나서 책을 읽어주고 하다 보면 정이 들고 조금씩 책 내용이 들어오지 않을까 기대도 해본다.

오늘은 피곤해서 체육관에도 가지 않았다. 집에서 푹 쉬었다. 준규가 어제 와서 점심을 행구동 '신기냉면'에서 같이 먹고 춘천으로 갔다.

2018 8 5

오늘이
마지막이 아니었으면

　아침에 공소예절 보고 가톨릭병원과 성문요양원에 다녀왔다. 오늘은 서울 가는 시간이 바빠서 남원주농협에 들러 빵만 사가지고 가서 나눠드렸다. 가톨릭병원에 가니 길수 씨가 의식이 없었다. 지난주까지 내가 가면 반갑게 인사를 하고 말도 하고 그랬는데, 오늘은 눈을 뜬 건지 감은 건지 모를 정도로 암만 불러도 대답도 없고 반응이 없었다. 의식불명 상태라고 할까. 요양보호사에게 물어보니 상태가 안 좋다고 한다. 드디어 올 것이 왔나 생각을 했다.

　그동안 2, 3년 동안 풍전등화였던 몸 상태를 그런대로 잘 유지하여 온 것이 기적 같았다. 항상 호스피스 병동에 올라갈 적마다 병실 앞에 있는 이름표를 먼저 볼 정도로 불안하고 궁금했었다. 오늘은 잘 계실까, 살아계실까, 이런 걱정과 의문을 가지고 들어갔었다. 너무 몸 상태가 안 좋았다. 뼈만 남았지만 목소리는 약해도 들을 수는 있었고 볼 수도 있었다. 그래서 책 읽어 줄 때 자주 책을 펼쳐서 그림도 보여주고 제목을 읽어보게도 했다. 내가 읽어주는 것을 잘 이해할 수 있도록 하고 싶었다. 그리고 그도 책 읽기에 함께 참여하고 싶어 한다고 느꼈다.

항상 내가 가면 먼저 인사를 하고 반가워했다. 그리고 감사하다는 말을 잊지 않았다. 그는 마음이 넓었다. 병원 직원들한테 불편한 말을 하지 않았다. 잔소리나 불평을 전혀 하지 않았다. 마음이 긍정적이었다. 오랜 투병 생활 속에서 그렇게 하기가 어려웠을 텐데 투병하면서 마음이 넓어지고 이해심이 많아졌는가 보다. 그러면서 수양도 되었다고 보고 싶다. 요새 기분이 좋아 보여서 조금 있다가 노래를 같이 부르려 했는데 이제는 어려울 것 같다. 다음 주에 조금이라도 회복이 되었으면 좋겠다. 오늘이 마지막이 아니었으면 좋겠다.

옆 침대의 말자 씨는 전이나 마찬가지였다. 나를 알아보고 눈웃음만 짓는다. 길수 씨가 많이 아프다고 하니 그렇다고 표정을 지었다. 본인도 똑같이 몸이 중한데, 자기도 언제 저렇게 될지 모르는데 이제 초연해졌는지도 모르겠다. 새로 온 중근 씨는 리시버를 귀에 끼고 있어 소통할 수가 없었다. 병원의 다

른 분들 신광수, 안종수, 해정 씨한테 빵만 드리고 나왔다. 발
걸음이 무거웠다.

2018 9 23

다행

  아침에 공소예절을 보고 가톨릭병원 호스피스 병동에 갔다. 길수 씨가 지난주에 너무 안 좋아서 걱정을 많이 했다. 혹시 오늘 못 보게 되지는 않을까 걱정을 하며 들어갔다. 다행히 그는 살아있었고 나를 알아봤다. 책 읽기는 숨이 가빠서 오늘 쉬고 싶다고까지 한다. 그만큼 의식은 뚜렷했다. 지난주에는 의식이 없었다. 병실에서 원장님이 회진을 돌고 계셨다. 지난주에는 문턱에까지 갔다 왔다고 한다. 지금은 80% 정도 돌아왔다고. 참 생명이 끈질기다. 어쨌든 살아있어 얼마나 반가웠는지 모르겠다. 혹시 돌아가시기라도 했으면 얼마나 마음이 아팠을까.

  안종수 할아버지도 전보다 조금씩 약해지는 것 같다. 정신력도 약해지고 체력도 많이 약해지셨다. 다리 주물러드리고 관절 운동시켜 드리고, 오늘도 할아버지는 오리 잡으러 간다고 하신다. 많이 잡아서 저도 한 마리 달라고 했다. 옆 침대 해정 씨는 다음 주쯤에 퇴원한다고 한다. 집에 혼자인 모양인데 걱정이 된다. 그래서 다음 주 전화를 달라고 했다. 밝음의원의 '길동무' 장기요양센터나 장애인 주치의 사업에 연결해 주어야겠다. 박수 치고 발 들기 운동을 같이하고 나왔다. 신광수 씨는 여전하시다.

병원을 나와 성문요양원에 간다. 여러 어르신에게 빵을 먼저 하나씩 나눠드렸다. 식사를 혼자서 잘하시는 분들에게만 드린다. 빵 드리는 것도 어르신들에게는 조심스럽다. 혹시 체할 수도 있고 기도가 막힐 수도 있기 때문이다. 배길자 씨와 김수경 씨 방에서는 동화책을 읽어드렸다. 『나의 라임오렌지나무』에서 '라임오렌지나무' 장을 읽어드렸다. 4, 5쪽밖에 되지 않는다. 할머니들은 빵 하나 받으시고 좋아하신다. 의사 선생님이 앞치마를 걸치고 빵을 드리며 봉사하는 것이 새롭고 좋아 보이는 모양이다.

오늘은 길수 씨가 돌아가시지 않아서 다행인 날이다.

2018 9 30

슬픈 크리스마스

월요일 아침 병원이다.

어제 글을 못 썼다. 일요일 공소예절은 없었다. 그제 토요일 신부님이 오셔서 미사를 봤기 때문이다. 흥업성당에 최종복 베드로 신부님이 새로 오셨다.

어제 집에서 오전 11시 넘어 늦게 나와 빵 사가지고 가톨릭병원 호스피스 병동에 가고 성문요양원에도 갔다. 길수 씨가 걱정이 되어 물어보니 돌아가시지는 않았지만 상태가 계속 좋지 않다고 한다. 병실에 들어가 보니 눈을 뜨고 나를 알아보았다. 책 읽어드리냐고 물어보니 좋다고 들릴 듯 말 듯 입을 움직인다. 광수 씨한테 빵을 드리고, 안종수 할아버지한테 가니 옆 침대 양해정 씨는 다른 병원으로 가고 없었다. 의료수급 환자는 6개월 이상 한 병원에 있을 수가 없다고 한다. 할아버지는 지난주보다 조금 더 좋아지셨다. 힘도 있고 말씀도 잘하신다. 그렇지만 전에 비하면 기억력이나 체력이 많이 약해지신 것이 분명하다. 다리 주물러드리고, 관절 운동시켜 드렸다. 옆 침대 사람은 어디 갔냐고 물으니 모른다고 하신다. 빵 하나를 반쪽씩 나눠서 같이 먹었다. 드시는 것은 줄지 않은 것 같다. 오늘도 오리 잡는 얘기만 하신다.

길수 씨한테 가서 『나의 라임오렌지나무』의 '슬픈 크리스마스'를 읽어드렸다. 그는 눈만 뜨고 듣고 있었다. 옆 침대 중근 씨와 얘기를 나누었다. 옛날에 을지로에서 아가씨 30명을 데리고 술집을 크게 했었다고 한다. 그때 술을 많이 먹었다고. 말자 씨는 눈을 뜨고 고개를 끄덕인다. 길수 씨한테 다음 주 볼 때까지 건강히 지내시라고 했다. 기다림으로 기운을 내라고 격려하고 싶었다. 조금이라도 정신적으로 도움이 되기를 바랐다.

성문요양원에 가서 빵을 나눠 드렸다. 열 분 정도가 넘는다. 어제는 거실에 나와 있는 분들에게도 나눠드렸다. 그래서 반쪽씩만 드려야 했다. 그래도 할머니들은 좋아들 하신다. 다음 주에도 거실에 나와 계시는 어르신들에게 빵을 나눠드려야겠다. 그리고 배길자 씨 방에 가서 『나의 라임오렌지나무』의 '슬픈 크리스마스'를 읽어드렸다. 옆 침대 할머니는 일어나 앉아서 잘 들으시고 좋다고 하신다.

집에 와서 4시경에 집사람과 대안 1리 돼니골까지 걸었다. 노승철 할아버지 집에도 가보니 할머니는 여전히 건강히 잘 계셨다. 할아버지 묘는 집 옆에 있다고 하신다. 내려오다가 승안동 입구 느티나무 아래에서 가지고 간 커피를 한 잔씩 마시고 땀을 식혔다. 집에 오니 6시가 되고 인터불고 체육관에도 갔다.

2018 10 8

꺼져 가는 촛불

일요일 밤.

오늘도 술미공소 예절 보고 가톨릭병원에 갔다. 오늘은 정 회장님이 안면마비가 와서 못 오시고, 내가 대수리까지 돌았다. 예절 끝나고 신자들하고 회장님댁에 가보았는데, 얼굴만 마비되고 좋아 보이셨다.

호스피스 병동에서 길수 씨는 아직도 기력이 회복되지 않아서 책 읽기는 하지 않았다. 간신히 알아보고 듣고 한다. 말은 거의 못 한다. 2주 만에 갔는데 사실 돌아가시지 않았을까 하는 생각을 하고 왔었다. 참, 사람의 생명이 끈질기다. 간신히 유지하고 있는 생명줄, 꺼져 가는 촛불이 간신히 이어가고 있는 느낌이다. 기력이 조금 나아지면 책 읽기 하자고 했다. 길수 씨는 얼굴만 봐도 된다고 한다.

안종수 할아버지와 빵을 같이 먹고 다리 주물러드리고 나왔다.

성문요양원에서는 배길자 씨가 기력이 없어 보여 책 읽기는 못 했다. 다른 방 할머니들에게 빵을 나눠드렸다. 큰 거실에 나와 계시는 할머니들한테도 빵 반쪽씩 드렸다. 모두 참 좋아하셨다. 다음에는 빵을 더 사와서 모두 드려야겠다는 생각을 했다.

2018 10 22

역전 골목시장

오전에 가톨릭병원 호스피스 병동에 가서 신광수 씨, 중근 씨와 최 씨에게 사 가지고 간 뻥튀기 5개씩 드리고 안종수 할아버지에게 갔다. 간호사실에도 한 봉지 놓았다. 지난주에 환자분들이 뻥튀기를 좋아하셔서 또 사 갔다. 오늘은 전에 「십시일반」 이용자였고 월세방에서 혼자 살고 있는 조영근, 박덕길, 이성호 씨에게, 그리고 상애원(양로원)에 계신 광배 아저씨와 갈거리 식구들에게도 드리려고 남원주농협에서 빵도 샀다.

안종수 할아버지는 여전히 혼자만의 이치에 맞지 않는 말씀을 하신다. 오리 잡으러 간다고 하시며 자신을 침대에서 내려 달라고 하신다. 뻥튀기도 하나 드리고, 나머지는 오후에 그리고 내일 드시라고 했다. 다리를 주물러드리며 이 얘기 저 얘기를 나누었다. 나는 할아버지가 엉뚱한 말씀을 하셔도 거기에 맞추어서 대답도 하고 묻기도 한다. 그러면 할아버지와 대화가 계속된다. 가끔 맞는 말씀도 하신다. 양동 말씀도 하시고 동네 지명을 말씀하시는데, 진짜 있는 건지도 모르겠다. 지명 같은 것은 사실이 아닐까. 가족 이름도 말씀하시는데 맞다고 생각한다. 간혹 호랑이 잡으러 간다고 하시기도 하는 것을 보면 이치에 맞지 않는 말씀도 계속하신다.

나오면서 역전에 덕길 씨 집에 갔더니 식사하러 갔는지 없고, 골목시장에 가서 박영금 씨 식당에 갔더니 잠겼다. 일요일이라 교회에 가셨을지 모르겠다. 며칠 전 병원에 오셔서 내 책 『갈대는 무게가 없다』를 보고 펑펑 울었다고 해서 들러봤다. 오면서 조영근 씨 집에도 갔더니 문이 잠겨 있어 문 앞에 빵 두 개만 놓고 나왔다. 단구동 이성호 씨 집을 찾는 데 시간이 좀 걸렸다. 빵 두 봉지 주고 한참 얘기를 나누었다. 「십시일반」 직원에 대한 불만을 많이 얘기했다. 혼자서 반찬 해 먹는 것이 제일 힘든 것 같아 보였다. 내일 병원에 가서 '길동무' 재가요양 센터의 지원이나 장애인 도우미를 알아봐야겠다.

성문요양원에는 독감이 돌아서 가지 않았다.

2019 1 6

초코파이 아줌마

일요일 밤.

점심은 갈거리 봉사자 이계화(안나) 자매님과 같이 터득골 북샵에서 했다. 자매님 아들(석희)과 조카도 같이 했고, 순규 엄마도 같이했다. 봉사 한 지가 7년이 된다고 한다. 석희가 중 1 때부터 왔다고 하고 올해 대학에 들어가니 말이다. 안나 자 매님은 노래방을 하는데 무척 강한 사람 같다. 그리고 올바로 살려고 노력하는 분 같았다. 밤늦게까지 영업하고 가게에서 몇 시간 자고 왔다고 한다. 집에 가서 편하게 자면 늦게 일어나 봉사 오는 약속을 못 지킬까 봐 매번 그런다고 한다. 갈거리에 와서 주방 일 도와주고, 술미공소 주일예절에도 참석하고 성 경 읽기도 같이 한다. 갈거리에 올 때마다 초코파이 몇 상자를 꼭 사 온다. 그래서 '초코파이 아줌마'라고 불린다. 가끔 음료수와 빵도 사 온다. 어린 아들이 엄마 따라서 몇 년씩 봉사 다니는 것이 보통 일이 아니다. 그 엄마가 대단하다고 생각된다. 그리고 석희가 대학 가고 조카한테 봉사를 인계한 것이 되는데 역시 드문 일이다. 시험 때도 아들 데리고 봉사 왔다고 한다. 시험 문제 하나 더 못 본다고 인생이 바뀌지 않는다고. 봉사하면서 같이 사는 것을 배우고, 봉사 함으로써 내가 더 행복해진다고 한다. 그리고 봉사 다니면서 사회도 알게 되고 착하게 사는 법도 배운다고 한다. 학교에서 가르치지 않는 것을 봉사하면서 배울 수 있다고. 다음에는 매달 진료 봉사 오는 민제한의원 원장님도 같이 식사 하기로 했다.

오전에 술미공소 주일 예절이 있었고, 끝나고 나서 작년도 결산보고를 했다. 나는 정문선 회장님이 회장직을 못하겠다는 말씀을 하실 줄 알았는데 말씀이 없었다. 얼마 전에 안면마비가 왔었고 몸이 약해져서 사표를 내실 줄 알았다. 사표를 내시면 내가 회장을 해야 하는데 걱정이 앞선다. 공소에는 총무나 회장을 할 사람이 없다. 그래도 정 회장님이 지금과 같이 계시는 것이 얼마나 든든하고 도움이 되는지 모른다. 아마 회장님도 사표를 내면 내가 해야할 것 같은데, 총무 할 사람도 없고 너무 힘들 것 같아 보였을 것이다. 참 다행이고 고마웠다. 회장님이 건강하셔서 오래도록 회장직을 보셨으면 좋겠다.

오늘은 가톨릭병원과 성문요양원에 가지 못했다. 주일 예절이 끝나고 점심에 이계화 님과 약속이 12시에 있어 시간이 부족했다. 그래서 남원주농협에서 빵을 사서 상애원으로 갔다. 갈거리에 오래 있었던 광배, 곤식, 옥희, 정환 님들을 만나고 싶었다. 갔더니 거실에서 TV를 보고 계셨다. 모두 나를 반갑게 알아봐 주셨다. 사가지고 간 빵을 옆에 있는 다른 분들에게도 나눠드렸다. 갈거리에 있을 때보다 더 좋아들 보인다. 참 다행이다.

2019 1 20

더 겸손하게

일요일 밤, 자정이 넘었으니 월요일 새벽이 된다.

오전에는 가톨릭병원 호스피스 병동에 갔다 왔다. 안종수 할아버지는 점점 기억력이 없어지고 치매도 심해지는 것 같다. 그리고 에이즈 병실의 최서용, 김중근 그리고 옆방의 신광수 씨께 빵을 드렸다. 성문요양원 가는 길에 관설동 김충선 씨 집으로 갔다. 이성호 씨한테 같이 가보고 싶었고, 시간이 되면 함께 식사도 하고 싶었다. 두 분이 반갑게 만났다. 두 분은 담배도 피운다. 빵도 드리고 한참 같이 있다가 나와 가까이 있는 충선 씨 집에 바래다주었다. 점심은 충선 씨가 이미 식사를 해서 같이 못 했다. 성호 씨와 충선 씨는 나와 십시일반, 갈거리 사랑촌, 부부의원에서 오랫동안 인연을 맺었던 사람들이다. 그래서 친구같이 거리감이 없다. 다들 장애가 있고 혼자 임대주택에서 살고 있다. 충선 씨는 가정도우미가 일주일에 두 번씩 온다고 한다. 가끔 만나려 한다.

저녁에는 '설악갈비'에서 먹었다. 어머님, 인해 엄마, 순규, 삼이, 윤규 엄마, 윤규 8명이 먹었다. 어머님께서는 우리에게 술을 따라주는 것이 재밌으신지, 즐기시는 것 같다. 술병을 몇 번 흔드시고 "건강하거라" 하시면서 따라주신다. 윤규가 인하대에 들어가게 되어 모두 기분이 좋다. 순규도 이제 고2가 되니 점점 성인이 되어가는 듯 보인다. 인해는 못 왔다. 종규네는 멕시코 여행 갔다가 오늘 와서, 계속 자고 있어 깨우지 않았다. 준규는 2박 3일 오크밸리에서 스키여행을 하고 피곤하다고 오늘 낮에 춘천으로 갔다. 생일 모임을 다음 주에 하는 걸로 알고 있었다고 한다. 올해가 만 66세가 된다. 점점 나이를 먹어간다. 머리는 하얗고 대머리가 된다. 다리도 점점 힘이 없어지고 기침도 많이 한다. 언제까지 살지, 언제까지 지금같이 정상 사회활동을 할 수 있을지 궁금하다. 나의 모든 것을 더 가볍게 해야겠다. 언제 죽음이 닥쳐올지 모르니까. 그리고 더 겸손해야겠다, 나 자신에게 그리고 타인에게.

2019 2 11

나눔과 함께

일요일 밤.

방금 자서전의 대학 시절, 결혼 이야기 등을 썼다. 자서전 쓰면서 과거를 생각하게 되고 재밌는 것 같다. 다시 나를 돌아보고 생각하게 된다.

아침에 공소예절을 봤다. 시내에서 노래방을 하시는 안나 자매님이 초코파이를 사가지고 오셨다. 공소 신자분들이 고마워한다. 조금 늦게 오시지만 같이 주일 예절도 보고 성경도 같이 읽는다. 갈거리에 아들과 같이 왔었는데, 지금은 아들이 군에 가고 혼자 오셔서 주방 봉사를 한다.

오랜만에 가톨릭병원에 갔다. 안종수 할아버지가 다행히 나를 알아보셨다. 다리를 주물러드리고 빵도 조금 떼어드렸다.

에이즈 병동에는 새로 2명이 들어와 있었다. 다음에는 동화 읽어주는 것이 어떤지 물어보고 책 읽어주기 봉사를 하려고 한다. 전에 길수 씨한테 오랫동안 책을 읽어주었다가 돌아가시고 읽어줄 사람이 없었다. 옆방에 신광수 씨는 여전히 잘 계셨다. 빵 한 봉지를 드렸다.

상애원에 가서 갈거리사랑촌에 계셨던 순이, 정환, 옥희 씨를 만나고 빵을 나눠드렸다. 순이 씨가 얼마 전에 갈거리에서 상애원으로 가고 잘 있는지 궁금했었다. 광배 아저씨는 폐렴으로 의료원에 입원 중이라고 한다. 곤식 씨도 잘 있는데 자기가 죽으면 갈거리의 추모공원에 가고 싶다고 한다. 옛날 중앙동 '토우 화원' 아주머니가 나를 알아보시고 인사를 한다. 아저씨는 심해져서 춘천으로 얼마 전에 갔다고 한다.

그리고 성문요양원에도 오랜만에 가서 어르신들께 빵을 나눠드렸다.

2019 6 3

에필로그

길수 씨가 돌아가셨고
안종수 할아버지도 돌아가셨다.
그리고
이곳에서 잠시 만났던 많은 분들이 떠나셨다.

지금
호스피스 병실 그 침대에는 다른 환자가 누워있다
달리는 열차 자리에 손님이 바뀌듯
인생 열차다

봉사자라는 명찰을 달고 이분들과 함께했던 시간은
생각해 보면 분명 즐겁고 행복했다.
이분들도 즐겁고 행복했을까?

호스피스 병동일기

동화책 읽어주는 의사

©곽병은 2024.
kbe762-2799@hanmail.net

초판 1쇄 발행 2024년 7월 1일

지은이 곽병은

펴낸이 서연남
펴낸곳 ㈜도서출판 이음
책임편집 원상호
편집 권경륜
디자인 박미나, 김다슬
일러스트 김다슬

출판등록 제 419-2017-00013호
주소 강원특별자치도 원주시 흥업면 한라대길 28 창업보육센터 203호
전화 033-761-3223 **팩스** 033-766-8750
전자우편 iumbook@naver.com

ISBN 979-11-980894-7-2